魔豆

魔豆

醉琉璃——著

我，精靈王，缺錢！

07

目錄

楔子

點點黑屑自高空飄落，乍看下宛如漆黑的雪。

瓦倫蒂亞沙漠從來沒有出現過這般異狀，這讓沙漠中的人們忍不住停下了奔跑的腳步。

他們仰著頭，或是下意識伸出手，似乎想知道從湛藍天幕中落下的是什麼。

黑雪不會去關注人類的情緒，它們只是自顧自地落下，落在人們的身上，落在遍地的黃沙裡……

黑雪來得突然，消失得也突然。

它像是誤闖沙漠的一個意外，片刻便不留痕跡，似乎也未曾帶來什麼影響。

但只是似乎。

因爲就在下一剎那，哭號聲與尖叫聲此起彼落響起。

部分人群的身體赫然出現異變，從雙腳開始瓦解，一路蔓延……一下便從實體崩散成片片灰燼。

灰燼像是永遠飄揚不盡，它們被氣流捲起，恍如另一場灰色的雪。

誰也不知道爲什麼會發生這種駭人的事，人們陷入無窮的恐慌和驚懼之中。有人惶惶逃離，有人哭喊著親友的名字。

「殿下！伊迪亞！殿下——」一名年輕的紅髮女法師跌跪在地，那裡前一秒還存在著一大一小兩道身影。她瘋狂地想抓住什麼，但無論是沙粒或是灰燼，都不停地從她指間流走。

紅髮女法師的神色麻木絕望，淚水不知不覺淌滿整張面龐。

不單單是她，同樣的悲劇不斷在周遭上演。

跪倒在漫漫黃沙上的人們哀求著奇蹟的降臨。

但在這一刻，瓦倫蒂亞沙漠確確實實地詮釋了它的別稱——神棄之地。

眞神拋棄了這裡，人們渴求的奇蹟沒有發生。

下一秒，瓦倫蒂亞沙漠上的畫面收攏成一條細線，進而消失無蹤。

桌面上靜靜躺著一枚鮮紅的柱狀晶體，那是能把影像和聲音捕捉下來，並儲存的高級映畫石。

看完映畫石裡投放出來的場景，圍坐在長桌前的人影個個陷入死寂般的沉默。

這裡是法法依特南大陸冒險公會的加雅分部。

坐在主位的粉紅長髮男人正是加雅的負責人，流蘇。

他五官深邃，面容透著一股野性美；滑順的髮絲綁了條大辮子垂在胸前，髮繩上還綮綁著幾根白色的羽毛，一身服飾色彩鮮艷。

倘若是其他人穿了這身衣物，氣勢很容易就被壓住。但放在流蘇身上，所有色彩都成了陪襯，反倒突顯他自由不羈的氣質。

流蘇習慣性地摸摸自己的大長辮，總是噙在唇角的隨性笑容早在映畫石的影像播放時便盡數斂起，化成一片嚴肅。

坐在流蘇旁邊的是另一位加雅負責人。

雪絨的外貌看起來顯得年少，眉眼稚嫩，尖尖的耳朵說明了她妖精族的身分。海藍色的髮絲綁成一道馬尾，隨著腦袋的轉動跟著搖晃，不自覺流露出一股不解世事的天眞憨態。

緊鄰雪絨的，則是來自塔爾分部的黑薔薇與白薔薇。

長相如出一轍的兩名少年挨坐在一塊，乍看下猶如鏡中映像。

現場唯有流蘇、雪絨和黑薔薇、白薔薇是真身坐在這間大會議室，其餘人皆是利用通訊魔法，展開這場即時會議。

除了多位冒險公會的負責人外，與會人士還有羅謝教團的四名主教長。

四人分別來自於東西南北四個教區，一致穿著白與金兩種顏色組成的教士服，披掛在肩上的紫色聖帶代表著他們在教團裡崇高的地位。

即使事先已從冒險公會那聽聞黑雪的恐怖之處，但都遠遠比不上方才親眼所見畫面帶來的震撼。

空氣凝滯了好一會，率先打破沉默的是教團的一名灰髮主教長——黑格爾的年齡和資歷是同伴中最高的，另外三人毫無異議地將發言權交付給他。

黑格爾的灰髮有部分已褪成霜白，面龐上的皺紋如同刀斧鑿劃。壓得與眼睛極近的眉毛和鷹勾鼻讓他有種不近人情的威嚴，可嘴角深深的笑紋又透露出他其實不難相處。

「從畫面看，塔爾分部的兩位像是特意前去，才會連高級映畫石都事先準備好。」

黑格爾神情平靜，眸光銳利如鷹隼般，鎖定住黑薔薇與白薔薇。

「尋找黑雪是我們倆接下的委託，委託人是繁星冒險團的翡翠。先前便聽說西科附近有黑雪的蹤跡，我們才會一路找到瓦倫蒂亞沙漠。一發現黑雪，黑薔薇就操控起映畫石。」照慣例由白薔薇負責開口，回想起當日所見的景象，他忍不住微蹙起眉，「只是我們誰也沒想到……」

「黑雪竟然會……如此可怕。」雪絨吞了吞口水，把話接了下去，稚氣的面容寫滿驚悸。

「照你們這麼說，那位名爲翡翠的冒險獵人，對黑雪的存在是很早就知情的？他對黑雪的了解有多少？」黑格爾眼中染上若有所思，「他如今的下落呢？教團這裡想見見他，當然，希望他別對我們有所隱瞞。」

「挖消息這種事，交給專業的人來做更好。我們會在最短時間內，把相關情報整理出來，發送至其他分部，再送達至各位的手上。」流蘇從容一笑，「黑格爾大人，比起翡翠，我覺得我們更該注重的是另一件事。」

「當然，就按照先前討論過的。」黑格爾輕輕頷首，對此沒有意見。

他們教團收到冒險公會的通知是在五天前，那時距離黑雪出現已是五天後的事。

在黑雪真正映入世人眼中之前，誰也沒想過法法依特大陸上居然存在著如此詭異的現象。

當黑薔薇、白薔薇目睹黑雪帶來的災害，他們立刻聯絡上距離最近的加雅分部，隨後南大陸的冒險公會分部迅速運作起來。

他們必須查清黑雪的來歷，包含它的出現是否有規律性，以及危害程度、範圍究竟有多大。

這不是只靠冒險公會就能處理的問題，他們果斷找上了羅謝教團——在法法依特大陸上最具影響力的宗教組織。

假如黑雪還會再次出現在大陸上，他們就需要一個合適的名目對民眾說明，還得小心不能引起人民過度恐慌。

這件事委交給羅謝教團是最適合的。

教團也清楚冒險公會向來不會沒事找事做，經過多次往來聯繫，終於有了這一場大型會議。

南大陸冒險公會能出席的負責人都出席了，而教團也派出他們的高層人員。

這代表著雙方正式達成協議，聯手面對處理。

眾人有條不紊地進行討論與劃分職責，事關重大，誰也不敢馬虎。

冒險公會擅長搜集情報，他們將派出更多人手，搜羅黑雪所有相關情報，連一點蛛絲馬跡也不會放過。

而教團會和各大城主合作，一同負責安撫民心，做好各種能做的防備，並將黑雪暫時定調為危險的疫病，讓人民見到黑雪出現就趕緊入屋躲避。

經過一天的協商，羅謝教團和冒險公會的計畫有了章程，決定好後續的行動方針。

會議即將進入尾聲，在退出會議前，黑格爾冷不防說道：「之前不是隨口說說，我們對那名叫翡翠的冒險獵人確實很有興趣，明天就會派人過去拜訪，希望你們加雅分部別把人藏起來。」

「黑格爾大人，你這是打突擊戰嗎？這樣可是會對我們分部帶來困擾。」流蘇沉下臉，展現強勢的態度。

「他在你們這對吧，這很好猜的，流蘇．裴爾特。」灰髮老者瞇起眼，嘴邊的笑紋成了一道溝壑，對流蘇的不滿視若無睹，「祈求接下來一切順利，願真神保佑大家。」

他低頭在胸前畫了一個祝福的手勢，其他三名主教長也跟著低頭照做。

緊接著，羅謝教團便斷去了與加雅分部的通訊，四道白金色身影隨即隱去。

「啊，老狐狸，還是被他猜到了……」流蘇想耙耙頭髮，但又不想弄亂自己精心打理好的髮型，他乾脆把魔掌伸向雪絨，把海藍色的髮絲抓得亂七八糟。

雪絨還是一副又乖又軟的模樣，就連頭髮變成鳥巢了也毫不在意，看上去更讓人想欺負了。

「暗夜族那邊的狀況呢？」灰罌粟手中不知何時端著一杯紅茶，「映畫石裡的那名紅髮女法師……當時是和我的小薔薇們同行的吧。」

「佩琪回去了。」白薔薇說，「她誰也不理會，直接就離開瓦倫蒂亞沙漠。」

「浮光密林暫時封閉了，不接受外族人進入，失去公主和一名族人，對他們打擊極大。」卡薩布蘭加是馥曼負責人，他們的分部離暗夜族領地最近，自然清楚近日那邊的事態。

想到剛才畫面中紅髮女法師抱著灰燼與黃沙、淚流滿面的模樣，卡薩布蘭加眼裡閃過一絲不忍。

由於地緣關係，他們分部和暗夜族時常有往來，更別說由暗夜族小公主等人所組成的暗夜冒險團，正是隸屬他們馥曼分部旗下。

和他們見面似乎還是不久前的事，沒想到團裡的蘿麗塔和伊迪亞竟會以此種方式消逝於大陸上。

一時半會，會議室裡籠罩著沉悶的氛圍。

雪絨瞄瞄四周，忍不住想拿起前面的杯子喝口果汁，潤潤發乾的喉嚨。

她手伸出去了，卻沒對準，反倒把杯子打翻。偏偏今天準備的是高腳玻璃杯，一倒下去，剛好撞到旁邊流蘇的杯子，接著就是一串連鎖反應。

在場幾名負責人的玻璃杯全倒了，杯內飲料更是流了一桌，讓本來乾淨光潔的桌面看起來一片狼藉。

「啊！」雪絨的手還停在半空，眉眼盡顯慌張，「對對對不起！我馬上就……」

「妳不准動！」灰嚳粟冷漠嚴厲的聲音像條鞭子，抽得雪絨立刻如最乖巧的小朋友般正襟危坐，一動也不敢動。

「對對對，灰罌粟說的沒錯。」卡薩布蘭加收起消沉情緒，大力點頭附和，「妳平常禍害流蘇就算了，反正也不關我們的事嘛。但要是再製造更多問題，那就浪費大家的時間了。通訊魔法使用很耗魔力的，萬一妳弄出的問題很麻煩，佔去太多時間，害我不能跟大家分享我的日常近況該怎麼辦？我可是準備好三天三夜的份要跟……」

「妳太囉嗦了，卡薩布蘭加，誰對一個老妖精的近況有興趣呀！」個子矮小的春麥坐在烏蕨的大腿上，稚嫩小臉閃過嫌棄。

「哎呀，雪絨明明比我更老吧。我現在算起來可是妖精族最美麗的少女時代，說不定春麥妳都比我還要大。別以為妳仗著矮人族優勢就能一天到晚裝小，人家烏蕨都比妳小吧。」卡薩布蘭加哼哼幾聲。

「妳們都吵死了，別跑偏重點。」灰罌粟慢條斯理地再啜飲紅茶，身旁是一具骷髏為她端著疊成小塔狀的繽紛馬卡龍。

她在負責人當中明顯極具威信，一開口就讓春麥和卡薩布蘭加閉上嘴巴。

會議室再次安靜下來，這時另一個喃喃聲就變得格外突出。

「無遠弗屆的偉大力量啊，向我彰顯等待在前方的未知……」披著紅斗篷的鬱金彷佛全部身心都投注在他的占卜裡，沒有留意到周圍的靜默。

眾多燭火在他面前搖曳不休，很快便瀰漫起大量白煙，把他整個人包圍住。

煙裡傳出鬱金痛苦的咳嗽聲，「咳啊啊啊……是黑暗，不祥的黑暗勒住我的脖子！將鑽進我的五臟六腑——」

「老二、老三，救一下我們的小可憐，不然他嗆死也太慘了。就說蠟燭別點那麼多，再繼續下去就會熏到我們這邊來了。」卡薩布蘭加喊了一聲，只見兩道高大的投影馬上有了動作。

他們起身，立時出現在白煙後方，無視鬱金憤怒的喊叫，強行把人拖到了通訊魔法的畫面之外。

「別在意、別在意，我跟你們說……」卡薩布蘭加朝同事們擺擺手，張口準備再來一大段嘮叨。

誰也不想聽卡薩布蘭加滔滔不絕的叨唸，那無疑是種折磨，更何況他們對鬱金的內褲這幾天是什麼顏色完全沒半點興趣。

通訊魔法一道道果斷結束，而原先坐在椅子上的投影也隨之消失不見。

見狀，卡薩布蘭加遺憾地嘆口氣，隨即一雙亮晶晶的眸子盯住了雪絨和流蘇，「不然乾脆就我們三個人……」

「老大，鬱金的火鍋煮得差不多了，該來吃了！」

卡薩布蘭加身後傳來了催促的喊聲。

「那才不是火鍋！那明明是我另外跟眞神溝通用的！說不定能獲得黑雪的情報，你們這幾個蠢蛋！」鬱金氣急敗壞地嚷。

「眞可惜，下次聊吧，我先去吃火鍋了。」火鍋的魅力明顯更大一些，卡薩布蘭加朝加雅分部的同事眨了下眼，結束自己的通訊魔法。

不到一會兒，偌大的會議室裡就只剩下流蘇幾人。

「好了，該去看看客人的情況了。」流蘇撥弄一下髮辮上的羽毛，從位子上站起，「雪絨，妳幫我把廚房裡正保溫的兩碗藥端過來。黑薔薇、白薔薇，你們一起來嗎？」

「不了，我們去整理資料吧。」白薔薇淺淺一笑，「我覺得和黑薔薇以外的人相處簡直是浪費時間，幸好剛才有灰罌粟和黑薔薇在呢，不然要我坐在這裡實在讓人覺得人生毫無意義。」

「黑薔薇，管管他。」流蘇沒理會白薔薇，他早就知道這小子一離開塔爾分部，陰陽怪氣的程度就會翻倍，也只有黑薔薇制得住對方。

黑薔薇拉拉白薔薇的袖角，朝對方搖搖頭，「禮貌一點。」

「好的，沒問題。」白薔薇一對上黑薔薇，笑容登時無比真摯又乖順，如同見著主人而收起爪子的貓咪。

「那我去拿藥了！」領到新任務的雪絨迫不及待地朝廚房跑去。

流蘇則大步走向公會裡的另一個房間，他的步伐沉穩無聲，如同一頭兼具力與美的大型野獸。

他推開緊閉的房門，窗外的日光照亮了整個房間，坐在床上的一道人影正沐浴在光線裡。

流蘇揚起大大的笑容，興高采烈地宣布：

「好啦，又到愉快的喝藥時間了，翡翠！」

第1章

假如時間能倒轉，翡翠發誓自己一定不會貪小便宜，只因爲房門口的那名粉紅髮男人說可以包吃包住——不只三餐，還提供宵夜跟下午茶——就被拐騙到加雅分部。

他現在就是後悔，很後悔，非常後悔。

距離降下黑雪那日已經過了十天，蘿麗塔、伊迪亞及許多人在繁星冒險團面前灰飛煙滅，而他們只能呆立原地，半晌都找不回自己的聲音。

當時發生的一切太令人措手不及，令人反應不過來。

是黑薔薇與白薔薇帶著他們離開瓦倫蒂亞沙漠、來到加雅分部，並見到加雅的兩位負責人。

疑似人族的流蘇·裴爾特。

妖精族的雪絨·草。

聽說還有第三位負責人，但目前到北大陸那邊出公差了，短期內無法歸來。

流蘇的服裝走撞色和鮮艷路線，第一次見面時，翡翠差點以為自己看到一個活的調色盤走在路上。

而雪絨給人的第一印象就是乖巧的少女，像隻溫馴純淨的小兔子。可惜她沒有兔耳朵，不然相信能更增添食欲。

醬烤兔子什麼的，聽起來就很美味呢。

路那利和思賓瑟沒在加雅分部待太久便離開了。

他們是繁星冒險團的機動人員，同時也是隸屬華格那分部的冒險獵人，本就還有其他委託在身。

一人一兔的離去不光為了完成之前接下的工作，同時也是要為翡翠追查一些情報。

路那利曾是神厄的人，他和冒險公會有不同的調查門路。

至於縹碧的下落，目前處於不明狀態。

不過對方事前就已先說過，等幫完翡翠的忙後，就會暫時離開去做自己的事。

因此翡翠對他的行蹤沒有太在意，也沒特意呼喚對方。在他心中，這名大魔法師的遺產出去就像丟掉，回來當撿到就好。

這十天內，除了把自己所知的黑雪情報告知幾位公會負責人外，也足夠讓翡翠把紛亂的情緒整理完畢。

黑雪帶來的傷害不是眞正的無法逆轉，只要他收集到足夠的力量，讓眞神甦醒，重啓這個世界，那麼在他面前化爲灰燼的蘿麗塔和伊迪亞就能再次復活。

翡翠自認是個冷情的人，在沒有求生欲望後，很多事情都變成了無所謂。

他目睹蘿麗塔與伊迪亞的消亡，也目睹了更多人的絕望，這些景象讓他內心確實地掀起劇烈的波動。

但爲的卻是他無法忍受那樣恐怖的事某一天可能會發生在小精靈們身上，光是想像都令他難以呼吸。

他被古怪的黑影剝離了求生欲，可瑪瑙、珍珠、珊瑚卻是讓他願意待在這個世界的動力。

他們是將自己固定在這片大陸上的錨，只要他還有一口氣，就絕對會保護好他們的安全。

所以吸收更多力量，勢在必行。

只是翡翠雖然有一顆進取向上的心，但世界意志忽然間又進入裝死模式，遲遲不肯發布世界任務。

這讓翡翠氣得牙癢癢，想磨牙，想抓著斯利斐爾的鬆餅版本磨牙。

當然，後者是不可能讓這種事發生的。

斯利斐爾知道翡翠的心聲後，只是皮笑肉不笑地扯動嘴角，然後不知道從哪拿來了骨頭造型的餅乾，擺明就是要他拿這個去磨牙吧。

「流蘇，我把你要的東西都端來了！」可愛的少女聲音驟然自房外響起。

翡翠反射性繃緊身體，第一時間就想逃離床鋪，或是躲到廁所去，總之就是別跟那個可愛聲音的主人來個直接接觸。

雪絨左右手各捧著一個碗，笑咪咪地走了進來。

明明從門外至房內地板平坦，連微小的障礙物都沒有，可就在雪絨踏出第三步的剎那——

她的左腳驀然絆到右腳，整個身體往前失去了平衡。

離她最近的流蘇熟練地伸手攙扶住，待她站穩才鬆開。

「謝謝你啊，流蘇。」雪絨剛仰頭道謝，雙腳卻不知怎地打滑一下，當場示範了什麼叫作措手不及的平地摔。

「砰」的一聲，藍髮妖精少女撲倒在地，雙手的兩個湯碗也逃不過砸地的命運。

翡翠本能地緊貼著床後的牆壁，好在這回碗沒飛到床上，裡面的湯藥也沒潑到他衣服上。

碗不是易碎品，但碗裡的湯藥散濺一地，綠色和紫色很快匯集在一起，竟然轉成了亮麗的粉紅色，還像沸騰的熱水般，嘟嚕嘟嚕地冒出氣泡。

翡翠神情麻木地看著這一幕。

相似的場景在這幾天內，他平均一天要看到五次以上吧，次數頻繁得讓他不禁懷疑加雅的這名負責人是不是掌管平衡的神經有問題。

當雪絨從地上爬起，她毫髮無傷，就算顏面直擊地面，鼻尖也依然俏挺，連泛紅都沒有，反倒是地板隱隱有了凹痕。

事實上，加雅分部到處都能看到類似的人形痕跡。不論地板、牆壁，甚至天花板也有少量，堪稱是這裡的一大特色。

翡翠不由得懷疑，這位妖精族少女的身體是不是某種超堅固金屬打造的。

「太棒了……」流蘇目不轉睛地盯著地面上混在一起且劇烈冒泡的詭異液體，他神采奕奕，眼裡是灼熱的光芒，「原來還可以這樣……我又有新靈感了！雪絨，妳幹得太好了！」

「眞的嗎？我好高興！」雪絨開心得眼睛都瞇起來了，尖耳朵也動了動，「幸好這裡有翡翠先生在呢，這樣流蘇你就可以嘗試你的新靈感了。」

「打岔一下……」翡翠小心翼翼地舉高手，「那個嘗試新靈感……爲什麼聽起來很像是，拿我來試藥？」

「本來就是啦！」流蘇和雪絨異口同聲地回答。

翡翠自認脾氣好，但面對這兩人每次都是這般理所當然的態度，他忍不住痛苦地呻吟一聲，使出絕招，「斯利斐爾，關門送客，不然我晚上要抱著你的原形瘋狂咬了！」

一聽到「斯利斐爾」四字，流蘇和雪絨嚇了一跳，接著猛然發覺到房內原來還有另一人在場。

挺拔修長的銀髮男人一直站在床頭邊，他面色冷淡，紅寶石般的眼瞳不帶溫度地看著流蘇他們。

初次見到斯利斐爾時，流蘇和雪絨就感受到這人的不尋常——若他沒主動出聲，壓根無法注意到他也在場。

而一旦察覺到他的存在，對方身上似乎散發著一股無形的威壓，讓人下意識不願與他對視太久。

既然斯利斐爾在場，流蘇收斂了幾分高昂的情緒。

「咳，呃……我馬上把這打掃乾淨。」流蘇手握拳，抵在唇邊，「對了，翡翠，你還要試試其他的藥嗎？廚房裡其實還有一碗備著。」

「等很好吃再來跟我說，每一次都難吃死了。」翡翠面無表情，「而且說好要等上一次的效果退掉才能試下一個的。現在，出去，不然我就放斯利斐爾咬你們。」

「在下不會做這種沒水準的事。」斯利斐爾冷漠地拒絕，「您大可以自己上，況且您現在狀態也很適合。」

翡翠朝斯利斐爾豎起中指，三名小精靈們正在包包裡睡覺，他不用擔心這動作會帶壞小孩子。

流蘇快速地把房間地板打掃過，便拉著雪絨一起離去。

他需要雪絨提供更棒的靈感，臨走前還能聽見他嘀嘀咕咕地喃唸著一串像是藥草的專有名詞。

房門一關上，翡翠的肩膀垮下，再次後悔自己爲什麼要被流蘇他們的條件誘惑。

天下沒有白吃的午餐，更何況是白吃的三餐加下午茶加宵夜。

翡翠是在入住加雅分部後，才發現自己進了狼窩。

流蘇和雪絨給人都是好相處的感覺。

然而他忘了，要在冒險公會負責人裡找出正常人，可是件困難的事。

流蘇和雪絨——

一個是藥劑開發狂，熱衷開發各種效用莫名其妙的藥水，例如頭髮暴增劑、指甲捲捲劑、淚水和尿液都變成七色花瓣劑。

一個是笨手笨腳，平地摔和打破東西可以說是日常現象，絲毫看不出身爲妖精族的輕巧敏捷。

最可怕的是，流蘇總是在雪絨捽破藥水的時候得到新藥的靈感，繼而研究出更喪心病狂的成果。

例如那個淚水和尿液都變成七色花瓣劑就是這麼來的。

想到那驚人的作用，翡翠都忍不住搓搓雙臂，慶幸自己沒被餵下那種藥水，他絕對無法忍受看見自己上廁所時噴射出七色花瓣雨！

送走兩位負責人，翡翠將擱在床頭的包包一把抱過來，窩在裡面的三隻小精靈睡得正香。

自從瓦倫蒂亞黑市拍賣會事件落幕，瑪瑙、珍珠、珊瑚每日的睡眠期大幅度拉長，比平時睡得還要更久更久。

也幸好他們大多時間在睡覺，避開了無妄之災。

翡翠敢用桑回的大腿肉發誓，流蘇要是看到瑪瑙他們，一定會控制不了他蠢蠢欲動的試藥之手。

按照斯利斐爾的說法，小精靈們在那次事件使用過多的力量，體內能量消耗得差不多了。在攝取到足夠能量之前，會進入睡眠保護機制。

想恢復正常，必須想辦法讓他們吸收更多能量，而最簡單的方式便是吃晶幣。

但問題來了，上回在瓦倫蒂亞沙漠一口氣消耗太多，翡翠悲痛地發現他又變成一個超缺錢的精靈王。

他們團裡目前只剩下斯利斐爾那還有一些可以維持他們基本生活的晶幣。

所以，得趕緊接公會的委託了，最好是錢多事少還不用負擔額外住宿費的那種！

輕手輕腳地把包包放回原位，翡翠伸伸懶腰，同時聽見敲門聲響起。

還沒等翡翠不高興地說一聲「流蘇與雪絨不得入內」，敲門的人率先表明了自己的身分。

「翡翠，我是白薔薇，我們要進來了。」

一進入房內，看見翡翠的模樣，抱著文件袋的白薔薇不給面子地噗哧一笑，「耳朵還沒消掉嗎？」

這裡說的耳朵，當然不是指翡翠精靈族證明的尖耳朵，而是他頭頂上的——

毛茸茸獸耳，還是散發七彩光暈的。

從形狀來看，儼然是屬於犬類所有。

「流蘇說今天會消，應該會消……大概會消。」翡翠對流蘇給出的不確定答案翻了翻白眼。

他頭上的獸耳就是流蘇的傑作。

沒錯，想要獲得免費的三餐加下午茶加宵夜還有住宿，當然是有條件交換的。翡翠得充當流蘇的試藥對象。

或者說，流蘇和雪絨的試藥對象——畢竟有三分之一的新藥靈感都是來自於雪絨製造的意外。

頭髮變捲，或頭髮裡飄出小星星、粉色小花之類的，這對翡翠來說都不算什麼。套句斯利斐爾說的，這只是襯托了精靈王的美貌。

但接下來就過分了。

皮膚變淺藍、嘴唇變綠、手指間長蹼、耳朵成魚鰭狀……一度身下還有條魚尾巴！這簡直是嚴重地折磨翡翠，那麼大條的魚尾巴，想想可以做多少生魚片或其他魚肉料理。可恨的是他對海鮮過敏，只能抱著那條大尾巴流了整天口水。

最新的藥劑效果，則是讓翡翠長出狗狗耳朵，屁股後其實還壓著一條蓬鬆的七彩狗狗尾巴，害他這兩天穿的褲子都得剪開一個洞。

翡翠決定這筆帳絕對要算在流蘇他們頭上，他們得賠錢！

黑薔薇從白薔薇身後探出頭，手上還端著個小盤子，盤裡盛著幾顆繽紛的馬卡龍。

白薔薇側耳傾聽黑薔薇的低語，隨後對著翡翠說道：「懷著感恩的心情收下這份點心吧，要不是黑薔薇堅持，我本來只打算分你半顆，剩下的都是黑薔薇的份。」

「黑薔薇你真是大好人。」翡翠眼睛一亮，毫不吝惜地綻放了美麗的微笑。

「黑薔薇是世上最棒最好的人。」白薔薇側過身，讓黑薔薇的身形完全露出，後者的另一隻手上也有個盤子，整齊擺放著切成三角形的三明治。

單從外表看就讓翡翠食欲大增，他不停地拋出對黑薔薇的溢美之詞，當然沒忘記用超快的速度把三明治和馬卡龍都搶過來。

馬卡龍先擱著，翡翠細細欣賞了下那個誘人的三明治。

厚厚的吐司表面微焦，中間夾著豐富的餡料，他吞吞口水，一口咬下。發現吐司內裡鬆軟，散發著小麥的香氣，內餡中則鋪著多種顏色漸層的起司片，融化的起司和烤過的酒漬蘋果切片交融一起，譜出了絕妙的樂章。薄薄的洋芋片增加香鹹爽脆的口感，再拌入一點辣肉醬……

翡翠幸福地瞇細眼，覺得自己簡直要升天了，這也太好吃了吧！

「您吃一份就夠了，另一份留下來。」斯利斐爾不容反駁地沒收了一塊三明治。

「我知道，當宵夜對吧。」翡翠也不介意，直到他看見斯利斐爾罕見地給他一抹溫和的微笑，接著聽見對方的嗓音在腦海裡響起。

「您說的沒錯，這會是您的宵夜，三明治夾晶幣。」

翡翠差點維持不住正常的表情。

無數次的慘痛教訓教會了他，不論是再美味的食物，只要夾入了晶幣，都會變成一場味覺上的悲劇。

白薔薇自動自發地拉了椅子給黑薔薇坐下，自己站在一邊，把手上的文件袋往桌上一倒。

一大疊紙張如雪花般傾洩出來。

「住素……」翡翠邊咀嚼著食物，邊口齒不清地問道。

「你不是要我們幫忙找委託和尋找一些……短期內出現眾多失蹤人口的地區？」白

薔薇笑吟吟地說，「後者先不論，來說說你想接的委託吧。錢多事少最好還不用過夜就能解決，我找了，然後正準備告訴你……」

翡翠眼中生出期待。

白薔薇簡單俐落地送給翡翠五個字，「作夢比較快。」

眼看沒有一夜暴富的機會，翡翠神情黯淡，就連頭頂上的兩隻獸耳也無精打采地耷拉下來。

難不成……該試著去出賣色相一下了？不曉得僞妖精換上女僕裝讓人拍照，有沒有機會大賺一筆？

這念頭只在翡翠腦中一閃即逝，就因爲太不切實際而被他扔到角落去。

「既然桌上的這些文件都跟公會委託沒關係，那麼……」翡翠向白薔薇投予了疑問的視線。

「跟失蹤人口有關。」黑薔薇擠出細細的聲音，一說完這幾字，他就閉上嘴巴，眼睫垂下，像是在專心審視著自己的手指。

「你覺得這可能跟黑雪扯上關係？」白薔薇接著問道。

翡翠迅速將三明治吞下肚，拿起一杯水灌下，這才有餘力好好說話，「這只是我的猜想。你們當初也看到黑雪的危險性了吧，二度碰到黑雪的人，就會變成……嗯，那樣子。」

白薔薇與黑薔薇不由自主地想起那幅刻印在他們腦海中，似乎永遠無法褪去的慘烈畫面。

那些活生生的人頃刻間便化成灰燼，被徹底抹去了生存過的證明。

最初聽到翡翠委託他們打聽黑雪時，他們只覺得匪夷所思。縱使是掌握大量情報的冒險公會，也從未聽聞過這世上有黑色的雪。

直到西科那邊傳來了有人見過黑雪的消息。

直到他們與暗夜族的佩琪趕往瓦倫蒂亞沙漠。

他們也意識到，翡翠對黑雪有著某種程度的了解，否則斷然不會要他們幫忙尋找。

翡翠沒有隱瞞，把能透露的訊息都說了出來。

根據他的說法，生物一旦碰到黑雪，就像感染上疾病或是毒素，不好的東西會隨著時間在生物體內慢慢增加、擴散。體表則會出現黑斑或黑紋，它們也會跟著擴散，等達到某種程度，被黑雪入侵的生物就會崩潰成灰。

完全感染需要一段時間，時間長短則視生物的體質強弱而定。

但最令人頭皮發麻的是，一旦碰觸過黑雪，若再次接觸，就會瞬間化成灰。

就像瓦倫蒂亞沙漠上的那些人。

就像……蘿麗塔和伊迪亞。

「我明白了。」白薔薇輕吁一口氣，「如果某個地方曾落下黑雪，在不知情的情況下，一定會有不少人受到感染，所以你認爲若哪處有許多人突然無故成爲失蹤人口，也許會與黑雪有關。」

「嗯，我就是這個意思。不過……」翡翠沒忘記先聲明，「這都是我的猜測，也不敢完全保證一定是對的，很可能到頭來是做白工，當然我希望不要啦。」

「這我們倒不介意，畢竟要把這堆東西看完的是你。這是我們目前找到的可疑區域，你自己找時間看一下。」白薔薇以指尖點了點桌上散開的文件，「最後，我還有一個問題想問你。」

「先說好，黑雪的事我都交代完了，再繼續追問，我也說不出更多。」翡翠一攤雙手，「啊，不過你們再準備一大桌好吃的，像是烤全羊啊、烤乳豬啊、烤章魚腳……可惡，這個不行。總之準備一桌吃的，我可以把說過的話再重覆三遍給你們聽！」

白薔薇對翡翠開出的條件充耳不聞，他直視對方，銀白色的眼睛眨也不眨，乍看下有如人偶的玻璃雙眼。

「翡翠，爲什麼你會知道黑雪的存在呢？」

翡翠眼中連愣然都沒閃過，他捏起一顆馬卡龍，在放進嘴裡之前，笑咪咪地對兩名塔爾負責人說：

「如果我說是眞神託夢給我的，你們信嗎？」

真神託夢。

假如是其他人對白薔薇這麼說，那麼他可能會淺淺一笑，然後告訴對方，腦子有問題還是要趕緊去治療比較好呢。

但換成翡翠，就讓人忍不住想相信。

那名綠髮妖精青年的身上似乎一直有種奇特的魔力，更別說他身邊還有一個來歷更加神祕的斯利斐爾。

「你覺得呢？黑薔薇你相信翡翠說的嗎？」離開翡翠的房間，白薔薇轉頭問了和自己擁有同樣容貌的少年。

雖說走廊只有他們兩人，黑薔薇還是習慣性地拊在白薔薇耳邊低語，「一切都有可能，你會提出來，不就表示你願意相信了嗎？」

白薔薇愣了愣，接著由衷地笑開來。

黑薔薇說的一點都沒錯，如果他不相信，那麼他根本就不會把這話題拿出來跟黑薔薇討論。

「我們真不愧是彼此的半身。」白薔薇拉起黑薔薇的手，貼上自己的臉頰，剔透的銀白眼珠裡只倒映出黑薔薇的身影，「接下來……」

「該去找流蘇了。」黑薔薇給出殘酷的答案。

「真不想去找那個腦子不只一個洞的神經病製藥狂啊。」白薔薇臉上還是帶著笑，但吐出的話語像沾著毒液。

黑薔薇像摸小動物般摸摸白薔薇的腦袋，後者立刻溫馴地跟著他一起前往流蘇專用的藥房。

在他人眼中，那間藥房可能還得唸成瘋狂製藥室，或者毒藥開發室……

木頭門板半掩，開啓的門縫飄出一陣陣螢光色古怪煙霧，還能嗅到一股草莓甜香。

白薔薇拉住黑薔薇，改由自己上前一步，「流蘇，可以進去嗎？現在進去會死嗎？會呼吸困難嗎？會出現無法逆轉的後遺症嗎？」

半關的木頭門猛地被人拉開，一顆粉紅色腦袋探出來。

「你把我這當什麼了，龍潭虎穴嗎？」流蘇不高興地說，「你們沒聞到這甜甜的草莓味嗎？草莓味怎麼可能有危險？」

「對呀對呀。」又一顆海藍色腦袋從流蘇臂下探出，雪絨一臉天眞地眨眨眼，「白薔薇、黑薔薇，你們放心進來吧，流蘇絕對沒有在做什麼危險藥物的開發。草莓味眞的很安全的，你們看，我也待在裡面呀。」

雪絨熱情地招招手，讓白薔薇與黑薔薇進來流蘇的藥房裡。

一踏入房內，就能見到無數木頭櫃子，櫃上擺著各式各樣風乾後的藥草，顏色大多是灰色，褐色或棕黑色。天花板和牆邊則倒掛著更多正在晾乾的植物，視覺上擠壓了藥房的空間，讓人感覺異常擁擠。

流蘇回到他的大長桌前，桌上是堆積如山的藥瓶，瓶裡盛裝著與藥草截然不同的明麗色彩，甚至可說鮮艷古怪得過分，其中一瓶正是粉紅煙霧的源頭。

「坐啊，別客氣。」流蘇大手一揮，替黑薔薇與白薔薇清出了空位，「你們找我是有要事吧，抱歉我暫時還離不開這裡，手上剛好有個藥品試驗正來到緊要關頭。」

「黑薔薇，你要喝茶還是喝咖啡？還是冰牛奶？」雪絨像隻小兔子往廚房竄去，沒一會又快速竄回來。她手上端著方才提到的茶、咖啡和冰牛奶，卻在接近長桌的剎那間，腳下一拐，手上的東西往前飛。

黑薔薇手指一動，立刻有多條細線從他袖子底下飛出，纏捲上那三個飛起的杯子，在飲料即將灑出的前一秒，讓它們全都穩穩地降落桌面上。

「呼，好險……」雪絨及時地穩住往前撲的身子，她拍拍胸口，往椅子一坐，沒想到屁股剛好把椅子撞開，導致她直接和地板來個親密接觸。

重重的悶響在藥房內響起，聽起來摔得特別大力。

但流蘇等人皆是神色不變，甚至毫不意外見到被雪絨撞上的地板再度凹陷一小塊。好在加雅分部的地板、牆壁及天花板，都以特殊材料建造，就算在上面留下傷痕，過一段時間也會自動恢復原狀。

否則還眞沒辦法一天到晚應付雪絨製造的意外事故。

「給你，牛奶、咖啡、茶。」雪絨笑得甜甜的，把三杯飲料放在黑薔薇面前，「聞著草莓味，牛奶就會像草莓牛奶了喔，不過聞久了指甲跟身上的毛毛會變粉紅色。」

「是看不見地方的毛喔。」流蘇微笑補充，「靈感來自之前雪絨打翻的那兩碗藥。」

白薔薇笑意僵在唇邊，要不是看在這兩人是公會同事的份上，且他們還待在對方地盤，他恐怕會按捺不住衝動，把愛書《瀕死的痛感與快感速成調教手冊》裡的方法，通通用在他們身上！

在白薔薇面帶笑容的威脅下，流蘇最後只好心不甘情不願地把散發草莓味的那瓶藥水先挪到藥房外。

黑薔薇從懷中取出一份地圖，攤開在桌面上。

與尋常地圖不同，黑薔薇拿出的這份，紙上有眾多紅點正發著光，離加雅越近，紅點的光芒越明亮；反之，越遠就越黯淡。

黑薔薇拊在白薔薇耳邊竊竊私語。

白薔薇點點頭，隨後又拿出那顆已在流蘇他們面前播放過多次的高級映畫石。在他的操作下，那一日發生在神棄之地的景象再度浮現於半空。

白薔薇將畫面定格放大，讓那些還存活的人們面孔清楚地顯露出來。

「十天前在瓦倫蒂亞沙漠上，黑薔薇替還活著的部分人做了記號，從制服來看，他們都是榮光會的一分子。」白薔薇說。

流蘇一彈手指，立即領會到白薔薇他們想做什麼。

同樣會意的雪絨也自動自發地找出其他映畫石，重新儲存起畫面上的那些人影。

有了目標的長相，接下來就是尋找目標出沒之處，那些紅點正是代表目標如今所在的區域。

以黑薔薇的定位能力，可以在二十天內大致捕捉到被他做上記號者的位置。

可距離他太遠，定位就會失效，這時便只能依靠映畫石裡的人像來尋找了。

扣掉趕至加雅分部的幾日路程，黑薔薇他們先前忙著與其他分部商討黑雪相關的諸多事宜，以及和羅謝教團進行接觸，一時無暇分出多餘心力追蹤榮光會的漏網之魚。

如今與羅謝教團的合作已敲下，那麼也該重新撒網再收網了。

黑薔薇安靜地注視著被定格住的沙漠之景，足足過了好幾分鐘，才又輕拉白薔薇的衣角，拊在他耳邊竊竊私語。

白薔薇眼中閃過一瞬訝異，像是沒預料到黑薔薇會冒出這個念頭。

「黑薔薇說，這些人中也許有人是第一次碰到黑雪，但會不會有極低的機率……」白薔薇慢慢複述黑薔薇說過的話，「有人是第二次碰到，卻沒事呢？」

「可是翡翠之前不是說了，再度碰到的人會一下子……」雪絨困惑地歪著頭，「就變成灰了？真的有這個可能性嗎？」

「想弄清答案，方法很簡單，發布委託出去吧。」流蘇靈活地把玩著一瓶閃動銀光和綠光的藥劑，嘴角勾起了饒富興趣的笑容，「讓加雅的冒險獵人把那些人帶回來，前陣子配好的藥正好可以派上用場。」

綁著粉紅長辮的俊俏男人嘴角彎起意味深長的弧度。

「事實上，我已經想好一百種試藥的手段了呢。」

第2章

一早起來，翡翠的心情就相當美妙。

他頭頂的耳朵和屁股上的尾巴都消失了，他終於不用再頂著七彩光暈在加雅分部裡走來走去，總算能正大光明地走到外面去。

雖然加雅分部這裡暫時沒有適合的委託，但他可以到山裡去狩獵一些魔物，用魔晶石換取晶幣，爭取讓小精靈們早點恢復平日的元氣。

瑪瑙、珍珠和珊瑚今天也還在熟睡，長而捲翹的睫毛遮住了他們平日有神的眸子，微鼓的臉頰和白裡透紅的皮膚，讓他們看起來就像迷你精緻的洋娃娃。

翡翠下定決心，這次不能再被流蘇的糖衣炮彈誘惑，再傻傻地被拐去當試藥員，天知道這一回又會出現什麼古怪的作用。

翡翠一向富有行動力，心中擬好計畫，便迅速帶上小精靈還有昨天的那一疊文件離開房間，連到廚房裡蹭個早餐的機會都放棄。

有流蘇在，所有吃進肚裡的東西都得小心再小心，萬一身體又長出奇怪的東西，那他還怎麼到外面辦事？

翡翠暫住的客房位於二樓，他揹著包包，與斯利斐爾下了樓梯。才剛踏上一樓，廚房方向就探出粉紅色的腦袋。

一條粗大的粉紅辮子滑落在流蘇肩上，狂野鮮艷的服飾跟著烙印入翡翠眼裡。

「七彩毛毛耳的藥效退了呀，我們來試試新的吧。」流蘇手上拎著一個盛滿桃紅液體的三角瓶，和善的微笑落在翡翠眼裡，只覺滿滿的不懷好意，「這次的很有趣喔，搭配冷水和熱水會有不同效果，翡翠來試試吧。試之前可以先來廚房裡吃早餐，今天準備了熱騰騰的羊肚派，還有撒滿糖粉的炸水蜜桃。加雅的水蜜桃超棒的，咬下去相當多汁，甜度也非常高！」

翡翠費盡力氣才將腳步挪往大廳的方向，而不是一頭栽進廚房裡大啖美食。

「翡翠，你不吃早餐嗎？」白薔薇的身影跟著出現，手裡拿著用好幾支竹籤串起的碩大水蜜桃。

經過油炸，水蜜桃表面是酥脆的金黃色，其上正如流蘇所說，撒上了大量的糖粉。

「只要吃了流蘇的藥，這個炸水蜜桃就是你的，這還是溫柔的黑薔薇爲你留下的。」白薔薇擺明了就是想要看翡翠的熱鬧。

「斯利斐爾，拜託把我的耳朵摀住吧，我眞的快不行了！」翡翠哀叫一聲。

「拿出您的毅力，就算沒有，這時候也該有，畢竟在下一點也不想碰到您。」斯利斐爾無情地說。

「王八蛋，你是把我當成什麼有毒物體嗎？」翡翠想踢斯利斐爾一腳，奈何對方手長腳長，輕易就閃躲過他的偷襲。

翡翠心一橫，堵住自己的雙耳，用力拔起像是黏住的雙腳，埋頭就往大廳狂奔。

沒想到緊閉的大門此刻被由外打開，一抹嬌小人影正巧噠噠噠地跑進來。

幸好精靈是反射神經極佳的種族，一察覺到便緊急煞車，順帶伸手擋下差點和他相撞的藍髮少女，阻止了一場人禍的發生。

要是眞被雪絨一撞，翡翠不確定自己哪邊會凹下去，周邊充滿凹痕的地板和牆壁就是最好證明了。

「謝謝你啊，翡翠。」雪絨心懷感謝地拍拍胸口，「對了對了，我是要跟你說，外面有人找你。我在路上碰到的，你有客人喔。」

「客人？」翡翠納悶地望了斯利斐爾一眼，後者搖搖頭，表示他也沒概念。

「確定是找我的？」翡翠忍不住指指自己，下一秒他恍然大悟，「啊，該不會是眼睛綁著紅布條，頭髮是黑色夾雜紅色，穿著白色長袍，給人感覺很臭屁的幽靈？」

換雪絨露出呆愣的神情，顯然她不知道翡翠說的是誰。

見狀，翡翠也知道自己猜錯，對方不是縹碧。既然如此，又有誰會知道他在加雅分部？

不等翡翠問出詳細，雪絨急急忙忙地轉過身，「我去把他們帶進來，他們還在外面等呢！」

雪絨前腳才剛踏出去，後腳就莫名地往旁一拐。

「啊……」翡翠要拉住人已經來不及。

這些天三不五時能見到的場面再度上演。

綁著馬尾的藍髮少女一邊哇哇大叫，一邊拚命舞動雙手，試圖保持身體的平衡，但一切都是徒勞無功。

她停不下來地在地板上滾了幾圈，最後「啪」的一聲，動也不動地趴倒在大門前。

而門口處，不知何時佇立著兩道身影，顯然就是雪絨口中提到的客人。

這番動靜，連廚房裡的黑薔薇也被驚動了。

三名分部負責人驚訝地走出來，看著地面的雪絨，再看向被雪絨抓住一隻腳踝的訪客。

「雪絨小姐，妳真的不必如此多禮……」看著像隻扁掉青蛙趴在地板上的雪絨，礙於自己的腳踝還被抓得死緊，金髮少女想要後退也辦不到，白氅大衣包裹住的小臉有絲手足無措。

翡翠的注意力全被門外的身影拉走，一時忘記了雪絨還趴在地板上沒起來，雙眼瞬也不瞬地直視門外。

南之黑塔外的兩道身影逆光而立，依稀只能看清輪廓。他們明顯有著身高差，體型上，高的那個偏瘦，矮的那個圓滾滾的。

最重要的是，他們都有一對長長的兔耳朵。

換句話說，那是跟人一樣大的大兔子！

翡翠倒吸一口氣，他彷彿聽見了百花綻放、小天使吹起號角的聲音。

啊，這滋味他知道，是心動的感覺。

他舔舔嘴唇，並且用最肅穆不過的語氣向身邊的銀髮男人徵詢意見。

「斯利斐爾，你覺得兔子肉是燒烤還是油炸好？加辣還是加胡椒鹽好？抹蜂蜜是不是也很不錯？」

翡翠越說，覺得口水越多，他喉頭滾動了下，覺得自己應該要更有魄力一點。

「不，身爲精靈王怎麼能這麼小氣，都是成熟的大人了，我覺得還是都來一輪！」

「在下的建議是，您該洗洗眼睛了，或者乾脆把您那顆無用的大腦也洗一遍。」斯利斐爾回應的語氣冷如寒霜，「那是兩個人，不是兩隻兔子，起碼一隻目前還不是。」

「什……」翡翠大受打擊，一時沒聽出斯利斐爾的言下之意，他不敢置信的目光迅速從斯利斐爾臉上移轉到大門外。

隨著兩道身影由外走進公會，他們的外貌也清晰地進入了翡翠眼裡。

矮的那個是名金髮碧眸的少女，長相陌生，身形圓滾滾的原因是她包著一件幾乎快拖地的白氅大衣。一圈白毛滾在頸間，把她的臉蛋襯得似乎只有巴掌大，頭上戴著兔耳帽，寬寬的米黃色兔耳朵垂在兩側。

高的那個則是穿著兔耳連帽外套的橘髮少年，黑白色的兔耳朵隨著他的動作吊兒郎當地甩晃，嘴巴也沒閒著，像是在卡啦卡啦地咬著東西，腮幫子一鼓一鼓的。

無論怎麼看，都是穿著兔耳服飾的兩個人。

不是兩隻兔子。

翡翠手裡幻想的刀叉「啪」地摔落在地，整個人有點失魂落魄。

這一刻，他聽見一道劈里啪啦的脆響在腦中響起。

那是……心碎的聲音。

加雅分部外頭陽光極大、空氣乾爽、氣溫宜人，這樣的天氣令人難以想像時節其實已來到初冬。

有如染著金粉的日光將南之黑塔照耀得越發黝黑光亮，特殊建材的黑色牆壁、黑色石階，還有黑色大門，都跟著折閃出有些刺眼的光芒。

爲免自己的眼睛一不小心被閃瞎，瑞比和同伴立即踏入公會內部。

他咬著冰塊，狐疑地盯著傻站在大廳裡的綠髮青年。他等了好幾秒，依然不見對方回過神。

「翡翠？」瑞比把咬碎的冰塊呑下，伸手在翡翠面前揮了揮，「你在加雅分部被虐待傻了嗎？這種地方果然不能待太久，你這樣子，我到時怎麼跟路那利那傢伙交代？他神經病又瘋瘋的，肯定會拿我開刀的。」

「路那利前輩才不是神經病，也不瘋，他是最漂亮美麗又優雅的人！」金髮少女珂妮的臉頰染上薄慍的緋紅，她極力想爲路那利平反，擠出的音量卻像小貓嗚噎，好像難以再大上一分一毫。

翡翠終於回過神，他不能對陌生人發洩怒氣，只能怨恨地朝他認識的那人大叫一聲。

「瑞比，爲什麼是你！」

「啥啥啥？我又做了什麼了？喂喂，你別亂栽贓啊！」瑞比爲自己喊冤，他明明只是剛從外面走進這個加雅分部而已，根本什麼事都沒做成吧。

他都還沒開始嫌棄加雅分部的設計有夠難看。

每個公會分部的布置各有特色，例如塔爾分部垂掛大量白紗幔，擺著成排的骨頭小盆栽；華格那分部有如畫廊，只是掛的大多是長著手腳的奇異水果圖畫。

馥曼分部像個被詛咒的花園，半夜會傳出濃郁的烤肉或火鍋味。

而加雅分部自然也有所不同，它最大的裝飾特色，大概就是那些人形或人體某部位的凹痕了吧——由雪絨．草親身貢獻。

瑞比一臉嫌棄，挑剔的眼神掃過了翡翠身後的景象，只覺那些無所不在的人形印子無疑反映出這個公會分部的品味究竟有多差。

當他瞧見更後方的三道人影，他的臉上晃過剎那的吃驚，「那兩個黑白色的……你們不是塔爾的嗎？怎麼也在這裡？」

「不會說話就閉上嘴巴，或者重新回你母親肚子內學習你的語言如何？」白薔薇牽著黑薔薇的手走上前，笑語晏晏。

「呵。」瑞比冷笑一聲，不過一眨眼，手上就多出一柄槍，槍口瞄向白薔薇的眉心，「敢教育我的蠢貨都去見眞神了，你也想試試嗎？」

「瑞比前輩，不能吵架也不能打架！」珂妮趕緊擋在瑞比前面，拚命張開兩隻手臂，彷彿把身後的人當成須要保護的小雞一樣。

「這位小姐說的沒錯，吵架和打架都不好。」流蘇把還趴在地板上、試圖掩飾自己撞出了更大凹洞的雪絨拉起，「不如都來喝喝我準備好的新藥水怎樣？」

流蘇仍拎著他那瓶桃紅色的藥劑瓶，裡面的液體從原本單純的桃紅色中滋長出許多黑色絮狀物。

誰也不想嘗試那個活像發霉的詭異液體。

本來一觸即發的氣氛反倒因此冷靜下來。

「不好意思，是瑞比前輩太過分了，還請你們大人有大量地原諒他。」珂妮忙不迭地彎腰道歉，向加雅分部裡的人自我介紹，「我們是神厄的人，我是珂妮．邦妮。黑格爾大人說好幾天前已事先通知說我們即將到來，但如果造成困擾眞的非常抱歉，我們是來找翡翠先生的。」

「神厄？爲什麼神厄的人要找我？」翡翠一頭霧水，只能扭頭望向可能知情的流蘇他們。

神厄是羅謝教團底下最鋒利的刀。

組成分子大多是窮凶惡極的罪犯，爲了彌補罪過，他們專門執行檯面下的黑暗任務——舉凡暗殺、狩獵、不人道的拷問等等，都由他們經手處理。

而想要好好掌控這把危險的雙面刃，神厄也自有手段。

但這些照理說和翡翠扯不上關係，他最多只是認識神厄的瑞比，以及曾是神厄成員的路那利而已。

那位主教長的臉皮可眞厚……流蘇忍下翻白眼的欲望。還好意思跟下屬說是事先通知，分明是昨天才扔下這個消息的……

「他們想問問你黑雪的事，翡翠。」流蘇簡單扼要地說。

「不如先進來裡面坐坐吧，我們正在吃早餐呢。」雪絨熱情地招待上門的客人，「吃完還能喝流蘇調好的免費補藥呢。」

「啊？才不要。」瑞比看雪絨的眼神像在看個傻子，「我們和翡翠會去外面找地方談。在這裡待久了，誰曉得會發生什麼事。」

黑薔薇對白薔薇說起悄悄話。

「黑薔薇說，看樣子流蘇你們的名聲連神厄都知道了。你們自己聊吧，我們不參與了。」白薔薇對翡翠他們的私事不感興趣，轉身就把黑薔薇帶回廚房裡，要盯著對方好好地把早餐吃完。

「謝謝你們，但真的不用了。」珂妮不好意思地對流蘇他們連連搖著手，「瑞比前輩有預約到一間很棒的店，難得可以讓他花大錢破費，我實在不想錯過這個機會，不狠狠宰他一頓太可惜了。一起來吧，翡翠先生。」

瑞比哼了一聲，卻沒有反駁，也算是間接同意了他要請客的說法。

翡翠頓時一掃失落消沉的表情，毫不猶豫地拉著斯利斐爾，跟著瑞比和珂妮離開加雅分部。

由別人負責請客的美食，誰會不喜歡呢？

起碼精靈王是愛愛愛……愛死了！

瑞比他們訂的是一間叫作「魔法師的少女心」的連鎖咖啡店。

專門販售高級點心，在女性之間非常受歡迎，就連翡翠也曾耳聞過它的大名。

對，只是耳聞過，窮到快脫褲的精靈王是踏不進那個彷如閃閃發亮的地方的。

店內客人幾乎全是年輕女性，翡翠和瑞比兩人在其間變得格外引人注目——斯利斐爾發揮了他背景板的特殊能力，將存在感降至最低。

在戴著粉紅帽子的可愛店員帶領下，他們走到一處四人座位，長桌上還擺著一個鈴蘭花造型的桌燈。

店員按下開關，花朵亮起紫色光芒，「隔音魔法陣已經啟動，客人們不用擔心你們的聊天內容被別人聽到。如果須要我們服務，再請將花燈關掉，喊一聲即可。」

「先來四份你們的招牌蛋糕套餐吧。」瑞比熟練地點餐，看得出不是初次過來，他頓了頓，抬頭與坐在對面的翡翠確認，「你身邊不是還有幾個小不點，他們要嗎？」

「先不用，他們還在睡。」翡翠搖搖頭。

餐點很快就送上，翡翠不客氣地把斯利斐爾的份挪到自己面前，反正眞神代理人是個只要吸空氣喝露水就會飽的小仙男。

「你們找我要做什麼？」翡翠將紅絲絨奶油蛋糕挖下一塊，欣賞了一會上面美麗滑順的粉紅色奶油及點點金箔，再「嗷嗚」地放入口中，臉上露出幸福的表情。

「剛不是說了嗎，關於那個黑色的雪。」有隔音魔法在，瑞比不避諱地挑明他們來這一趟的目的，「黑雪的影像我們也看到了。教團高層的老傢伙一向動作很快，昨天就把加雅分部的畫面儲存下來，再轉發到教團的各單位，也包括我們神厄，所以黑格爾老頭要我們過來找你。」

「要稱呼黑格爾大人才對啦。」珂妮小小聲地指正。

一提及黑雪，瑞比素來輕佻的神色也收斂起來，即使沒有身處現場，但光是透過影像，就能深切地感受到黑雪的恐怖。

對於那些化成灰的倒楣傢伙，瑞比沒有太多的感觸，他唯一慶幸的是，還好繁星冒險團一行人沒事。

他還欠著翡翠一個人情沒還，在還完人情之前，翡翠可不能莫名其妙就這麼死了。

「能說的我都跟加雅分部的人說了，你們有什麼問題也應該是去找冒險公會吧。」

翡翠微皺著眉，不能說的部分當然不可能老實告知。基本上就算說出來，恐怕也只會被當成幻想症發作吧。

難道要他說：我是死後被你們眞神拉過來，強迫當上救世主的。必須要想辦法找出黑雪的源頭，同時還要設法喚醒你們早就沉睡過去的兩位眞神。

或許是翡翠腦子裡想得太大聲，引來斯利斐爾投來一眼。

「您必須對眞神更身懷敬意。」斯利斐爾冷淡的指責在翡翠腦中響起。

「我對任何存在最高的敬意就是——我想吃了他們。」翡翠誠懇回答。

斯利斐爾眉心擰出一條折痕，彷彿極爲忍耐，「您還是住嘴……不，住腦吧。」

「我早就跟老頭子說過了，但他堅持要我們過來。」瑞比一攤雙手，「喔，還有順便幫路那利送個東西。他說之前去找你的時候太急了，忘記帶上。」

「東西？什麼東西？」翡翠疑惑地問。

瑞比也沒多賣關子，拿出一個細長、巴掌大的盒子擱在桌上，推向翡翠。

翡翠被勾起好奇心，他打開盒子一看，裡頭的物品讓他忍不住抽了一口氣。他萬萬沒想到，會收到一個對如今的他來說簡直是及時雨的存在。

那是一串翠碧項鍊，宛如是用最高級的玉石打造，純粹得沒有丁點瑕疵。外圍一圈再鑲綴著水滴狀的紫水晶，看上去貴重無比。

翡翠和斯利斐爾第一時間就察覺到，項鍊並非是玉石打造的，那赫然是無雜質的晶礦，裡頭蘊含的能量勝過他們身上所有晶幣。

倘若能將這串項鍊磨成粉，讓小精靈們吸收進體內，那他們就可以不用整日陷入熟睡；而紫水晶更可以敲下來，拿去換成更多晶幣。

要是路那利在場，翡翠甚至都願意讓對方多抱他幾下了。

路那利簡直是天使！

「在下得同意，您當初收下那位僕人，確實是相當明智的決定。」斯利斐爾還破天荒地給予稱讚。

「下次見到路那利，幫我跟他說……」翡翠熱情地抓住瑞比放在桌上的手，「免費當他一天的換裝模特兒都可以，女裝也無所謂，只有全裸不行。」

「你是怎樣啊？」瑞比被翡翠突來的激動嚇了一跳，忙不迭甩開手。就算翡翠長得很美，他也沒有被男人握住手不放的愛好，「他送你個項鍊就那麼高興？那他哪天送棵寶石樹給你，你豈不是要哭出來了？」

「寶石樹聽起來很棒，很適合沒錢的我。但是……」翡翠異常嚴肅地說，「我更愛美食樹。他有那種會長滿飯糰或者牛排的樹嗎？或者長滿烤鴨也行。」

瑞比嘴角抽動幾下，不想再跟這個滿腦子塞滿吃的傢伙再討論下去。

「對了，禮物！」珂妮霍地一拍雙手，「差點忘了，我也有禮物要給翡翠先生呢。因爲路那利前輩很喜歡你，所以我也喜歡你，我們一族對喜歡的人都會送上超棒的特產。」

翡翠沒有錯過「一族」這兩字，看樣子面前的金髮少女並不是他以爲的人族。

只見珂妮鄭重無比地從她的大衣底下掏出了一個小紙箱，也不知道她是怎麼藏在裡頭的。小紙箱裡裝著六瓶飲料，無論是紙箱或瓶子上頭，都印著大大的番茄和可愛的兔耳朵。

「這不是……」翡翠一眼就認出來了，他之前三不五時就會收到由思賓瑟幫忙帶來的這種飲料。

來自暗夜冒險團的謝禮。

同時也是暗夜族的最愛。

兔兔牌番茄汁！

店內音樂悠揚，周遭不時還能聽見其他桌客人的交談聲響起。

翡翠他們這一桌，卻像驟然間被按下了暫停鍵，一時沒了聲音。

翡翠看看那六瓶飲料，再看看對面正露出驕傲自得表情的金髮少女。

珂妮說這是他們族裡的超棒特產，換句話說……

「妳是地兔族？」翡翠找回自己的聲音，驚訝地看向珂妮，或者說珂妮頭上戴著的兔耳帽，「那個難道說……是妳的真耳朵？」

瑞比先嗤笑一聲，「哪可能，那是帽子、帽子，哪裡看起來像耳朵了？」

珂妮有些緊張地摸摸自己的頭髮和兔耳帽，她摘下帽子，在翡翠睜大的眼眸中露出帽子底下的……

兔耳朵。

那是一雙貨眞價實的兔耳朵。

細毛柔軟，呈現小麥田的棕黃色，溫馴地貼垂在珂妮的腦袋兩側。

「妳……」翡翠握緊叉子，目光反射性瞄向旁邊的調味料，腦海中第一件想到的事就是該撒鹽還是撒糖。

兔子肉很好吃的，自從吃過虹兔肉後他就一直念念不忘。

雖然珂妮現在是人形外表，但他聽說過，地兔族的原形就是一隻半人高的大兔子，足足可以吃上一整天呢。

倘若不是斯利斐爾在桌下踩了翡翠一腳，恐怕翡翠眼中的露骨食欲就要藏不住了。

「翡翠，你看珂妮的眼神怎麼怪怪的？」即使如此，瑞比還是敏銳地察覺到異樣，他皺起眉頭，努力思索自己在哪看過類似的視線。

啊，有了！就好像自己看到一堆冰塊，恨不得撲上去大吃特吃一樣。

但瑞比馬上就覺得是自己想多了，就算珂妮是地兔族，但她現在可是人形，翡翠不可能喪心病狂到這種程度吧。

要是斯利斐爾能聽見瑞比的心裡話，他就會斬釘截鐵地告訴他，就是有。

摘下兔耳帽，露出眞正兔耳朵的珂妮給人的感覺更像隻乖巧的垂耳兔。

她朝翡翠笑了笑，然後挺起胸，說話音量還是小小的，可語氣裡滿是自豪，「兔兔牌番茄汁，美味可口又健康，絕不會讓人失望的，暗夜族可是我們最死忠的顧客呢。」

一說到暗夜族，珂妮神色忽地轉爲落寞，「暗夜族的事，我們地兔族也聽說了……眞的很讓人遺憾。但是，也正因爲如此，我們才一定得來找你的，翡翠先生。」

翡翠不懂這之間有何關聯。

「他們覺得你是解決那個奇怪的雪的關鍵。」瑞比一口氣把飲料喝光，慢慢地享受冰塊的滋味。他看見翡翠投來的納悶目光，聳聳肩，「別問我，你要問的是珂妮。」

「珂妮小姐，我想我說過很多次了。」翡翠不想在同樣的話題上不斷重覆，「能說的我都……」

「跟你說了什麼沒關係，翡翠先生。重點是我夢到了你，我夢到了你跟黑雪。」地兔族的金髮少女雙手交握，神情靦腆又端莊。「請讓我重新向你自我介紹，我是珂妮。大家又叫我——預知的珂妮。」

在神厄裡，預知的珂妮是個古怪的知名人物。

起碼瑞比就覺得她挺怪的。

她熱衷於送喜歡的人一堆兔兔牌番茄汁，也不管對方愛不愛喝。不肯收下的話，她會用地兔族的可怕力量強迫人灌下。

——據說只要雙腳直接和泥土地接觸，地兔族的人就可以短時間內變得力大無窮。

珂妮喜歡漂亮的裙子，還格外崇拜已經退出組織的路那利，將路那利視爲畢生的偶像，人生的目標就是變得跟路那利一樣美。

單憑這點，瑞比就認爲珂妮已經夠怪了。

畢竟崇拜一個變態收藏家，哪裡稱得上正常呢？

扣除掉這些，珂妮給人的感覺像可愛的女孩子。

但是珂妮・邦妮的預知能力，註定了她與生俱來的不同。

在教團裡，也有人稱她爲先知。

她能透過夢境，短暫地看見未來將發生的事情，或者是獲得跟未來某個事件有關的模糊線索。

多年來，教團不僅靠著珂妮的預知防範了不少災害，同時也藉此準確地追捕到十惡不赦的罪犯。

與神厄其他大多數在暗處行動、儼然見不得光的成員不同，珂妮有點像是教團裡備受注目的明星人物。

好幾次教團都想將她從神厄拉過來，但爲了自己的偶像，珂妮堅持留在神厄當中，並鍥而不捨地向別人強行發送兔兔牌番茄汁。

瑞比一向不喜歡跟這類人打交道，偏偏他似乎是神厄裡目前還與路那利保持聯繫的人，這導致珂妮不時便會纏著他不放。

會跑加雅一趟，原本只是瑞比自己的私人行程，他是來替路那利送東西給翡翠的。誰想得到，黑格爾主教長無預警丟了工作過來，言明珂妮準備到加雅尋找在她夢中出現的關鍵人物，要他負責陪同兼護送。

明明那時附近還有神厄的其他人，卻因爲自己與路那利的那層交情，才讓他被珂妮點名。

而珂妮夢到的人，正好也是瑞比要找的對象。

工作不能推，翡翠也是要見的，瑞比只好認命地充當珂妮的臨時同伴，和她一塊前去加雅分部，果然在那裡見到了那名綠髮的妖精青年。

「預知？也就是說妳能未卜先知嗎？」翡翠被勾起了好奇心，「那妳能幫我預知看看，七天內我有機會吃到兔子大餐嗎？」

在魔法陣的加持下，店內維持著溫暖宜人的溫度，然而珂妮卻在這一瞬間無來由地感到寒意直竄。她不解地搓搓手臂，把白氅大衣重新穿起來。

「不行，這我沒辦法的。」珂妮搖搖頭，認眞地解釋，「預知這件事是被動發生，並不是我想看就看得到，無法控制。但一旦作了預知夢，我感受得到。」

「然後妳夢到了我……跟黑雪？」翡翠比比自己，「可以跟我說說那是怎樣的夢境嗎？」

「是的，那是我四天前作的夢……」珂妮輕聲細語地爲翡翠描述。

就連瑞比也是第一次聽見珂妮這麼詳細地說起那個跟翡翠有關的夢。

在那場夢裡，珂妮看見天空破了一個大洞，從黑黝黝的洞裡噴出無數黑色碎屑。它們從高空落下，往大地上慢慢飄落，乍看下就好像是一場紛飛的黑雪。漆黑的雪花不停落下，好像永遠等不到停止的一天。

在漫天黑雪中，那道身影出現了。

當那道碧髮紫瞳的出塵人影一出現在珂妮的夢境中，彷彿要將天空和陸地都佔據的黑暗徹底消失殆盡。

黑雪彷彿從來不曾存在過。

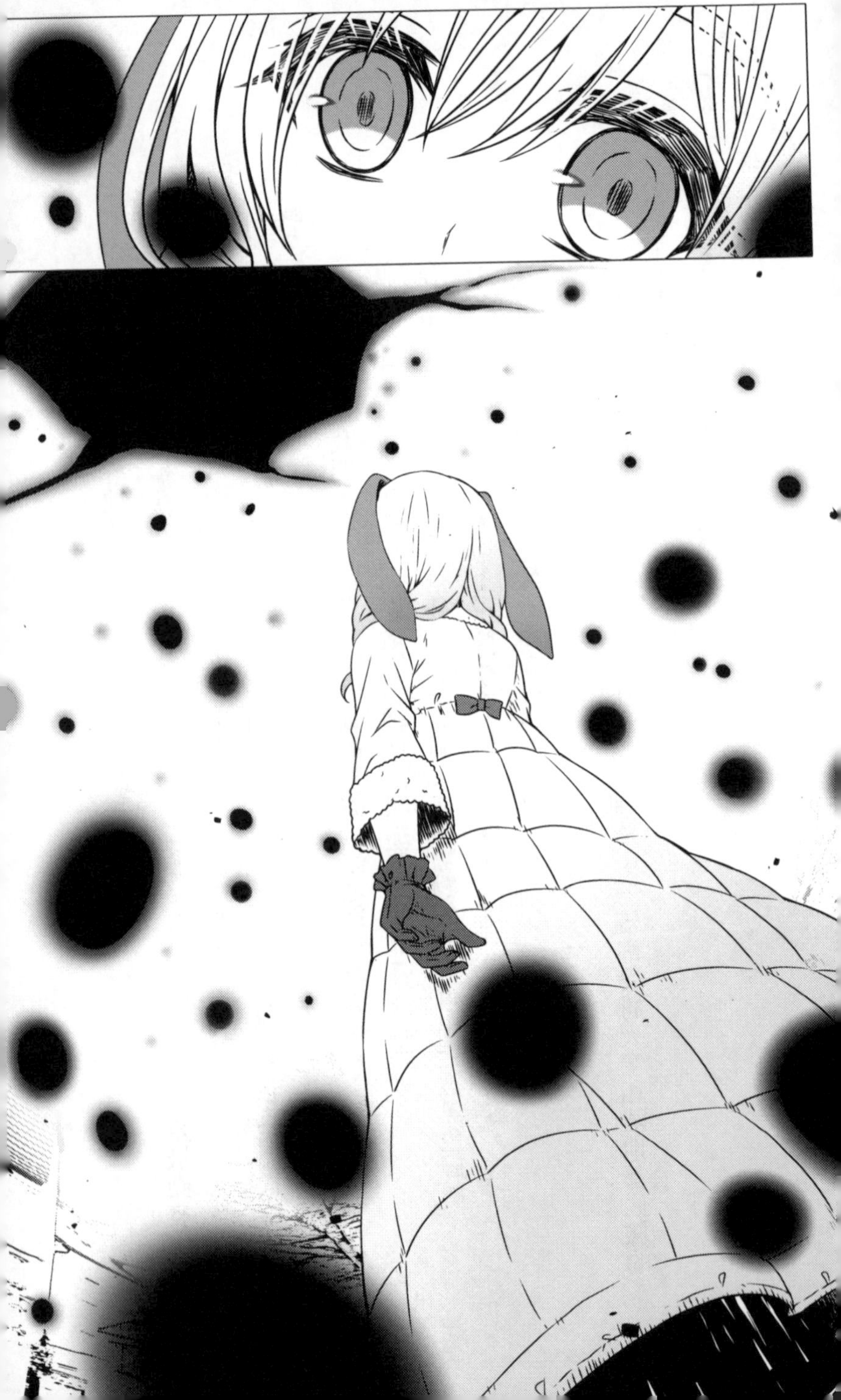

然後珂妮就從夢中醒過來了。

只要是預知夢，她就能把夢中細節記得一清二楚，沒有一處遺漏，包括翡翠的外貌長相。

也因此教團才能那麼快就鎖定珂妮的夢中人就是黑雪事件裡的綠髮妖精。

「夢告訴我，你會是黑雪消失的關鍵。我相信只要跟著你，就可以再發現新的線索。」珂妮雙眼閃閃發亮地盯著翡翠不放，「所以，請務必讓我們與你們同行！」

「別看我，我只是負責陪人的。」瑞比撇清責任，「我可改變不了這位大小姐和上面老頭的意見。要我說的話，翡翠，你就忍耐一陣子吧，大不了就把珂妮當成幫你們提行李的。」

「沒問題，都交給我吧。只要踩在土地上，我們地兔族的力氣就會提升喔。而且你又是路那利前輩最喜歡的人，我剛好可以藉此跟你好好學習，然後讓路那利前輩可以喜歡我到這種程度就很夠了。」珂妮以拇指和食指捏出極微小的距離，笑得心滿意足。

妳有翡翠那張臉就行了……瑞比咬著冰塊，把這句實話吞了下去。

面對突然上門，還想強行綁定為同伴的兩人，翡翠在私人頻道敲起斯利斐爾。

「你怎麼看？」

「應該是您怎麼看才對。」

「這時候就這麼乾脆交給我決定了？給零用錢的時候幹嘛不那麼乾脆？」

斯利斐爾回了一記輕蔑的冷笑。

翡翠其實也只是習慣性徵詢斯利斐爾的意見，在這個團隊裡，負責做出選擇的確實是他這個團長沒錯。

他的手指不自覺地在桌面敲了敲，目光瞥過包包還有出門時一併帶出來的文件袋。

翡翠頓時有了主意。

「想要跟我們繁星冒險團一起同行，可以，前提是幫個忙。」翡翠眼中閃過狡猾，冷不防將一大疊文件重重放在桌上。

「什麼東西啊……」瑞比翻了幾張，目光快速掃過上面的文字，「人口失蹤相關調查報告？你們也在找跟人口失蹤有關的事？要是還沒決定目的地的話，不如先跟我們一塊到沙魯曼吧。」

「也？你們也是？」翡翠詫異地反問。

總不可能那麼剛好吧……教團那邊難道也想從失蹤人口數量，來尋找黑雪可能出現過的地帶嗎？

「啊，有個和我交情還行的教士，前幾天傳了消息給我。他就駐派在沙魯曼，平常會關照一些流浪漢，但那些流浪漢有一天忽然失蹤了。他調查了一些事，發現事情有些不對勁，就找上了我。我本來是想送完禮就繞過去那邊看看，誰知道……」瑞比「嘖」了一聲，想到自己身上無故增加的工作量就感到不爽。

翡翠將有關沙魯曼的文件抽起來看。

黑薔薇和白薔薇在上面標記了一件有趣的事，大約每隔一段時間，那個城市的流浪漢就會不見蹤影。

有人說是被接去慈善機構，有人說他們被強行驅離。眾說紛云，可實際狀況如何，並沒有多少人眞正關心過。

畢竟對當地的市民來說，他們一點也不希望見到自己住的地方有流浪漢出沒，那不但有著潛在的危險，還有礙市容觀瞻。

翡翠吃起斯利斐爾那份蛋糕，一邊思索著沙魯曼的流浪漢失蹤事件。

雖說流浪漢大多是露宿或搭建紙箱而居，的確有很大的機率會觸碰到黑雪。但從上次的經歷來看，黑雪只在小範圍區域落下，而流浪漢卻是四散各地。

他們的失蹤會和黑雪有關嗎？又或者單純是人為造成？

還沒等翡翠理出一個大概，腦海中猝不及防地躍出一道熟悉無比的無機質聲音。

翡翠一震，反射性看向斯利斐爾。

那是世界意志的聲音！

「任務發布——請在四天內，用你的可愛征服敵人。」

「喂，翡翠？翡翠？你們怎麼搞的？」瑞比看見翡翠和斯利斐爾忽然像愣住一般，忍不住伸手在翡翠面前揮動，還本能地不敢讓自己的手太靠近斯利斐爾。

直覺告訴他，要是伸到那名銀髮男人面前，他恐怕不會有好下場。

翡翠沒有馬上回應瑞比的追問，他木然地轉過頭，深深地望入斯利斐爾的眼中，並在對方眼內也瞧見差不多的情緒。

叫作……一言難盡。

「世界意志……終於瘋了嗎？」翡翠在腦海中喃喃說道：「它是真的想要我拯救世

界嗎？」

「您想多了。」斯利斐爾的失神只是瞬間，很快就恢復一貫的冷漠毒舌，「也許它終於察覺到您的大腦只是裝飾物，唯有您的美貌勝過一切。」

「可愛跟美貌是兩回事吧……不，重點是這個任務，這個任務眞的沒問題嗎？」

不是翡翠要質疑。

要知道，他也是經歷過穿女裝三天、尋找會跑會跳的蘿蔔、抵達綠綠的塔、收集一千顆星星、彩虹河裡撈金幣、找到眞神的洗澡水……等等匪夷所思任務的精靈王了。每次發布世界任務，都會讓他覺得這也太扯了，可下一次都會再度刷新他的認知。

原來沒有最荒謬，只有更荒謬。

如今這個……到底是怎麼回事啊！

「斯利斐爾，世界意志果然錯亂了對吧！」翡翠在意識裡對斯利斐爾拔高音量大叫。

用美貌征服敵人好歹還合理一些，但用可愛征服？

翡翠再怎麼自戀，也不認爲自己的這張臉可以和可愛沾上邊。要他說，世上就只有他家的小精靈可以把人可愛死吧。

「您吵得像隻歇斯底里還嗑藥的貓。」斯利斐爾忍耐地按按眉心，「您這時候或許該想想別的，例如，爲什麼世界任務會在這一刻出現？」

經斯利斐爾提醒，翡翠這才慢一拍地反應過來。

斯利斐爾說的沒錯，世界任務總是會因爲他們即將前往某個地點執行委託而觸發。

而剛剛他們正好提及的是……沙魯曼！

翡翠一時也顧不得任務內容多詭異了，他朝瑞比和珂妮露出如春花綻放的笑容。

「歡迎成爲繁星冒險團的臨時成員，附帶一提，我們不包三餐也不包住，所有花費請自行負責喔。」

瑞比和珂妮被翡翠突來的反應弄得一愣一愣。

半晌後，珂妮小小聲問，「翡翠先生，你的意思是……」

翡翠笑咪咪地將那張寫滿沙魯曼資料的文件一把拍在桌面上，用行動來證明。

這就是他們繁星冒險團的下一個目的地！

第3章

世界任務這次給予的時間相當短，只有四天。

好在沙魯曼離加雅不會太遠，搭乘魔物拉的車就能在一天內抵達。

不過無論是原繁星冒險團的成員，或是暫時加入的瑞比和珂妮都沒預料到，他們這趟行程會再多出兩個人。

黑薔薇與白薔薇。

基於交通工具是由瑞比他們出錢贊助，翡翠對多了旅伴沒什麼意見，但還是忍不住好奇兩位塔爾負責人怎會想與他們同行。

照慣例，由白薔薇向眾人解釋。

他掛著柔和的淺笑，眉眼彎彎，日光在他雪白的髮絲上折閃著美麗的光輝。

「其實我不太想浪費時間跟你們廢話的，不過看在黑薔薇體貼又為大家著想的份上，我就勉為其難地說一下吧。」

瑞比咂咂舌，他以爲路那利的嘴巴已經夠毒了，沒想到這個叫白薔薇的負責人不遑多讓。

果然，冒險公會的負責人沒一個正常的傳聞是眞的。

白薔薇的說明簡單扼要。

黑薔薇在瓦倫蒂亞沙漠曾對不少倖存者做了記號，如今有幾位正好就在沙魯曼，他們打算過去把人請回來。

想到那本《瀕死的痛感與快感調教速成手冊》，翡翠合理懷疑那個「請」，可能跟物理暴力之類的手段有關。

「對了，黑薔薇說，有要幫忙的話再聯絡我們，我們的落腳處會是金匙旅店。」白薔薇對翡翠展顏一笑，「當然，最好別來煩我們，這是我說的。」

一到沙魯曼，雙方人馬便分頭行動。

黑薔薇與白薔薇要去尋找目標對象，翡翠他們則是在瑞比的帶領下，前去沙魯曼東城區的教堂。

沙魯曼看起來是一座乾淨整潔的城市。

它的街道採取棋盤式的設計，鋪著平整的青石板，每條路都又長又直，互相垂直或平行。

路邊栽種著雪樺樹，目前正值開花季節，只要風一吹，白色的小小花瓣就會如雪花般飄落，並在路邊堆積起來，遠看彷彿未化的殘雪。

翡翠幾人一路走到教堂，沿途的確沒瞧見任何流浪漢，連乞丐也未曾見到。

但就翡翠所知，越是光鮮亮麗的城市，背後就一定會有陽光照不到的黑暗角落。

這讓看似處處正常的沙魯曼，隱約透出一絲異常。

沒有花上太多時間，翡翠他們就來到了目的地。

那是一座小教堂，用同色系、不同深淺的石塊砌造而成，石塊間隙有明顯的白邊。屋頂呈尖頂式，像要直沖雲霄，拱形大門的對開式門扇現正敞開，讓人一眼就能望見裡頭擺放成排長椅的正廳。

廳內正中央的高台上，設置著兩尊人形石像。它們衣著細膩精緻，縐摺栩栩如生，可面部卻沒有五官。它們手舉火把，微低著頭，像在俯瞰芸芸眾生。

「那該不會……」翡翠在腦中問著斯利斐爾，「是羅德和謝芙兩位真神？但怎麼沒有臉？」

「人不能直視神的面容。」斯利斐爾只說了這麼一句。

明亮的日光從彩繪玻璃窗外灑進來，在地面和椅子上映上瑰麗的彩色光紋。

但正廳裡一個人都沒有。

瑞比似乎早預料到會有這種狀況，他向翡翠他們招招手，領著眾人往裡面繼續走，「肯定在後面菜園。」

從瑞比熟門熟路的模樣來看，他應該來過這裡許多次。

教堂是類似L形的格局，正廳在前面，彎過去後就是一排有著各自功用的小房間，其中一間還是個小廚房。

被兩側建築物包夾的空地上，闢著一座綠油油的菜園，園內蔬菜長勢喜人，沐浴在日光下的菜葉鮮嫩欲滴。

翡翠腦中瞬間浮現出一大盤生菜沙拉的影像，他遵循本能地開口，「我想要……」

「不，您什麼都不想。」斯利斐爾直接截斷翡翠的話，「那是別人的菜，不是您的菜。」

「與其吃這些菜，翡翠先生不如多喝點我們的兔兔牌番茄汁吧。」珂妮簡直像個勤快的推銷員，只要抓到機會，馬上不遺餘力地推薦他們一族的特產。

「不了，不用，不需要。」翡翠用三個否定句來強調他的抗拒心情。

除了最開始的那半打番茄汁，沿路珂妮總是像變魔術般拿出一瓶瓶番茄汁往他身上塞，搞得他現在聽到番茄就會怕。

「菜有什麼好吃的？嘖，冰塊和肉才棒，當然冰塊得排第一名。」眼看四下仍是無人，瑞比乾脆扯開嗓子大喊，「沃克！沃克！沃克你這倒楣混蛋，還不快點出來！不然我就一槍轟掉你的菜園！」

「誰敢動我的心肝寶貝！」一道穿著白藍色教服的人影瞬間如同旋風從某個小房間內衝出。

因爲那人白髮白鬚，翡翠初看還以爲是名老者，等到雙方距離拉近，這才發現原來是個中年人。

教士名叫沃克，是個給人和藹可親印象的白髮男人，蓄著一圈長長的白色鬍鬚。一張臉圓圓的，體型也偏圓，教士服下挺起一顆肚子，露出笑容時，眼角摺紋特別明顯。

這讓翡翠忍不住想起他們世界的聖誕老人，只要再換上一身紅衣紅帽就更像了。

「好久不見，沃克先生。」珂妮有禮貌地細聲打招呼。

「是珂妮啊，沒想到妳會跟瑞比一起來。好久不見啊，臭小子。」沃克一掌重重拍上瑞比的肩頭。

「幹嘛啊，死老頭！」瑞比跳了起來，那掌打下去是真的痛，「你是忘記你們地兔族站在地上時力氣有多大嗎！」

「什麼，沃克先生也是地兔族嗎？」翡翠用力盯緊沃克的腦袋，想看出那雙兔耳朵是藏在哪裡。

「他早禿，掉毛了，哪敢露出耳朵。」瑞比大肆嘲笑，一點也不打算替沃克隱瞞這個祕密。

沃克仍然笑容滿面，但從他攥緊的拳頭看得出來，他想要再給口無遮攔的瑞比用力一拳。

不過大概是有客人在場的關係，沃克的拳頭最後沒揮出去，他目光落在翡翠臉上，露出驚艷的表情。

「不錯嘛，瑞比，從哪拐來那麼漂亮的男妖精？」沃克朝瑞比擠擠眼，不待瑞比回給他一枚大白眼，就先熱情地朝翡翠迎上去，然後快速從教士袍底下拿出一瓶兔兔牌番茄汁，「遠方來的妖精朋友啊，這個送你，這是我們地兔族的……」

「特產。」翡翠自動接下去，「謝謝，但真的不用了，珂妮已經給我很多了。」

沃克也不勉強，伸出的手拐個彎，把兔兔牌番茄汁往瑞比身上一扔。

「喂，找死啊！」瑞比俐落接住飲料瓶，斜睨沃克一眼，「不是說有事要拜託我調查？我順便替你拉人手過來了，這兩位是繁星冒險團的人，綠髮的叫翡翠，另一位是斯利斐爾。」

經瑞比這麼一說，沃克這才後知後覺地發現到，原來瑞比和珂妮帶來的客人不是只有一位。

有著絕世美貌的綠髮妖精身側，赫然還站著一名銀髮男人。

當沃克意識到斯利斐爾的存在，當下感受到一股難以言喻的壓迫感，他甚至本能地不敢和那雙紅眼睛對視太久。

沃克知道這個人絕對來歷不凡，但他只將疑問壓在心裡，並且決定不管它——聰明人不會去追問那些一看就不該碰觸的事。

菜園不是適合談事的好地方。

沃克將翡翠一行人帶到他剛衝出來的小房間，原來那是他的辦公區域，門一關，就是個隱密的空間了。

雖然隱蔽性高，但缺點是太窄了，五個成年人塞在裡面，幾乎把辦公室都佔滿。

「等我一下……」沃克趕忙將一些雜物堆疊起來，稍微又再清出一點空間。

辦公室內就只有一張椅子，沃克將它讓給了現場唯一的女性。

珂妮忙不迭搖手拒絕，改將座位讓給了翡翠，她的理由也很充足，「翡翠先生是路那利前輩最喜歡的人，而路那利前輩是我的偶像。換算起來，翡翠先生也是我的偶像了，所以一定得讓你坐才可以！」

翡翠也不推拒，再讓來讓去只不過是浪費大家的時間。

「瑞比應該有先跟你們提過大概了吧。」沃克見到幾人點頭後，開始訴說起整件事的來龍去脈。

事情的起源是多名流浪漢的失蹤，而且還都是東城區的。

沃克平時就會留意自己區流浪漢的情況，要是快碰上壞天氣，還會叮囑他們要記得到教堂躲避。

時間久了，來往的次數多了，雙方不知不覺間也建立起一份友誼。

可就在十幾天前，沃克例行探視他的流浪漢朋友們時，卻發現他們都不在原來的居住地。

他本以爲是剛好人都不在，但連續三天前往，依然不見他們的蹤影。

他向附近的居民打聽，這才知道更早之前，慈善院派人把他們都帶回去照顧了，讓他們不用再繼續過著風吹雨打的日子。

身爲當地的駐派教士，沃克自然聽聞過慈善院的大名。

那是一間由布拉茨家族開辦、專門收留無家可歸的流浪漢或是孤兒的慈善機構。

現任族長老布拉茨是一名大善人兼知名探險家，年輕時到處探索祕境，年紀大了便決定回饋家鄉，這才成立慈善院。他在沙魯曼聲望相當高，就連市長也曾多次公開讚揚他的善舉。

「照你這麼說，你的朋友們被慈善院收留應該是好事。」翡翠的目光無意識地盯著珂妮的兔耳朵，一心二用，一邊聽著沃克的說明，一邊想著好想吃三杯兔肉啊，「但你覺得有不對勁的地方？」

「沒錯，否則我也不會叫瑞比過來了。」沃克摸摸自己的白鬍子，「我是半年前被派來這裡的，在我的朋友們被帶去慈善院後，我想去探訪他們，卻不得而入。據他們的說法是以前曾有歹徒闖入，意圖殺害裡面的孩童，從此探訪資格就變得嚴格，沒有事先申請便無法進入，但申請過程又得耗費多日。」

「所以你是進去過了沒？」瑞比打斷沃克的長篇大論，直接問結果。

「進去了，但沒看到我的朋友們。」沃克眉頭皺起，像要打成結，「院方的說法是他們正好被帶去其他地方培訓一技之長。」

「聽起來……好像哪裡怪怪的？」珂妮小聲地發表看法，「感覺也太剛好了。」

「珂妮妳也覺得怪吧。我回來後總覺得哪裡不對勁，就開始調查起那間慈善院，發現了奇怪的一點。」沃克語氣變得激動，胖胖的手指用力地戳著桌面，「它每隔兩、三個月或是半年，就會把市裡的流浪漢或流浪孤兒接進去，美其名是要照顧他們並教授謀生技藝。」

「全部？」翡翠不可思議地問，「全沙魯曼的流浪漢跟孤兒？先不管那個慈善院有沒有辦法吃得消，也不是每個人都願意進去吧。」

「就算是我們教團，也做不到這種事。」沃克直白地說，「但慈善院卻做到了。就像你說的，肯定會有人不想受到管理，而那些人……」

「他們……被怎樣了嗎？」珂妮緊張地吞吞口水。

「我打聽到的說法是……」沃克揉揉眉心，「他們離開沙魯曼了。就算我想繼續打聽下去，但市民們對此不關心，官員也不在意。」

翡翠暫時將想吃兔肉的心情擱一邊，若有所思地垂下眼。

他能明白沙魯曼的民眾選擇漠不關心的理由，少了流浪漢跟流浪孤兒，少了那些生活在陰暗角落的人，對他們來說只有益無害。這不但能大大降低犯罪率，也讓城市表面上的形象顯得更正面陽光。

他想起白薔薇給的那份資料上有特別提到，沙魯曼的流浪漢每固定一段時間就會在市裡消失。

如今看來，他們不是被慈善院的人帶走，就是主動離開。

當然，「主動」兩字可能還要打上一個問號。

「嘖，還要想那麼多嗎？」瑞比倚著牆，不屑地說，「那個慈善院要是沒動什麼手腳，我就把沃克的菜都拔光。」

「說過幾百次了，不准動我的菜！我可是辛辛苦苦還種了番茄在裡面！」沃克反射性怒吼，吼完才意識到自己不小心離題了。他趕緊正正神色，若無其事地摸了一把鬍子，「咳，總之我也覺得那間慈善院大有問題。我擔心我的朋友們，所以要請你們想辦法到裡面探查看看，我會準備謝禮的。」

「兔兔牌番茄汁就不用了！」翡翠和瑞比的想法這一刻達成同步，異口同聲地喊。

他們真的，已經受夠番茄了！

由於世界任務僅剩的時間不多，聽完沃克的委託內容，翡翠等人馬上動身，前往那間慈善院打探究竟。

無論能不能成功進去，起碼都要到現場探聽一下狀況。

慈善院座落在東城區隔壁的南城區，外頭被近一人高的白牆包圍著，黝黑的鏤空雕花大門關得緊緊，門後還有兩名警衛駐守。

確實如同沃克所說，這地方不像普通的慈善福利機構，戒備過度森嚴，反倒透露出異樣。

翡翠幾人挑了警衛看不見的角度，踮起腳尖朝牆內看。

可以看見裡頭蔥蔥鬱鬱，栽種了許多樹木，茂密的葉片層層疊疊，無形中成了一片自然屏障，讓外界難以窺視到裡面的情況。

精靈眼力極爲優秀，透過枝葉間隙，翡翠眺望到樹林間矗立著一幢白色建築，想必那就是慈善院的主體了。

「感覺很大啊，這個慈善院……」翡翠喃喃地說。

他們一夥人決定繞著外牆走一圈，發現起碼要走上好幾分鐘，不難想像裡面佔地有多廣。

還沒等翡翠等人採取下一步行動，不遠處有兩道讓人出乎意料的身影出現了。

「喂，翡翠，那不是……」瑞比先注意到，連忙喊了翡翠一聲。

翡翠扭過頭，映入眼中的是一對容貌、身形宛如鏡像的少年。

一人嘴角噙笑，白髮銀眸，身穿黑衣；一人神色寡淡，黑髮黑瞳，服飾是與同伴相反的白色。

赫然是一到沙魯曼就和他們分開的白薔薇與黑薔薇。

「翡翠？」白薔薇停下腳步，眼中流露些許訝然，「你們怎麼也在這裡？」

翡翠沒忽視那個「也」字，這表示兩位塔爾負責人的目標同樣是這間慈善院。他憶起白薔薇曾說過，他們來沙魯曼就是爲了尋找被黑薔薇做上記號的榮光會成員。

「你們要找的人……」翡翠思緒轉動飛快，「該不會就在慈善院裡面？」

黑薔薇拊在白薔薇耳邊說著悄悄話。

「嗯，黑薔薇說這裡面傳來強烈的感應，起碼有三個人。」白薔薇逐一轉達話語。

黑薔薇點點頭，習慣性站在白薔薇側後方，有如把自己當成對方的影子。

「你們呢？」白薔薇記得翡翠他們來沙魯曼，一是爲了調查人口失蹤相關的事，二是穿著兔耳外套的橘髮少年亦有要事處理，「這裡跟你們在調查的事情有關聯？」

「啊。」翡翠也不隱瞞，「瑞比的朋友覺得這裡面有點問題。白薔薇你之前給的資料有寫到，沙魯曼的流浪漢固定一段時間就會消失。照他的說法，是被帶到這間慈善院裡面，以及……主動離開沙魯曼了。」

白薔薇輕笑一聲，以此來嘲弄「主動」兩字的可信度。

「既然我們的目標都鎖定這裡，要不要一起合作？」翡翠大方表達了意圖。要是能獲得兩位負責人的援手，那可是大大的助力。

白薔薇望了黑薔薇一眼，後者點頭。

「可以。」白薔薇說，「黑薔薇願意。」

眾人商討一會，一致認爲由翡翠打頭陣說不定能得到意想不到的效果，畢竟長得好看的人總是吃香。

而翡翠那張臉，遠遠超過一般人對好看的認知。

翡翠一站到門前，不管是年輕警衛或中年警衛果然都看呆了，片刻後才猛然回神。

令人失望的是，即使是翡翠出馬，也沒辦法降低入內的難度。依舊得依照慈善院的規定走完申請流程，而這起碼得花上三、四天的時間。

翡翠現在，最缺的就是時間。

眾人無法，只好再退到警衛看不見的地方，打算重新商討計畫。

然而就在這個時候，黑薔薇素來平靜的表情驀地出現變化。他睜大眼，飛快望向慈善院，又急急抓住白薔薇的手指。

「不見……」黑薔薇急切得甚至自己主動開口說話。

「目標不見了。」白薔薇立即明白黑薔薇的意思，他神色一凜，眸光銳利地盯住慈善院。

黑薔薇用力點頭，抓著白薔薇的手不放，在對方耳邊飛快吐露一串低細話語。

白薔薇同步轉達給翡翠他們，「黑薔薇說他感應不到三名目標的記號了。」

「他們從別的出口跑了？」瑞比想到這個可能性，畢竟這裡大得超乎想像。

「不是，我以為黑薔薇的意思足夠淺顯易懂了，很遺憾你的腦子跟不上。」白薔薇嘆口氣，「如果是遠離，黑薔薇會察覺到感應變弱了，但感應卻是『完全沒了』。」

瑞比一時顧不上白薔薇的諷刺，他驚訝於對方最後面的那句話。

意思就是……

「被標上記號的人直接不見了，消失在慈善院裡面！」翡翠低呼出聲。

「啊啊，麻煩死了，管人是消失到哪，半夜摸進去確認最快吧。」瑞比煩躁地說。

「我投這個一……」翡翠的話還沒說完，就被斯利斐爾打斷。

「在下得提醒您，這裡有防護魔法，唯有大門位置沒有。」斯利斐爾面無表情地潑了一盆冷水，「只要爬上牆，就會觸動。」

眾人神色微變，誰也沒想到慈善院的守備竟到了這種滴水不漏的地步。由此更能看出來，裡面一定藏著某種不願讓外人知情的祕密。

「不是吧，怎麼連這地方都有那玩意啊？」翡翠忍不住想起榮光會的拍賣會所。那地方也設了類似的結界，當時還是讓縹碧當前鋒，負責去探探狀況的。

這一刻，翡翠終於眞正記起他們那名失蹤團員，或者說記起對方的方便。

啊啊，要是縹碧在就好了……

那位遺產先生在瓦倫蒂亞黑市時只留了訊息，說有事要去處理，之後就和斷了線的風箏一樣。

這麼多天下來別說回來露個臉了，連在意識裡喊個一聲都沒有，眞正的杳無音訊。

「縹碧、縹碧，你事情辦完了沒有？不管有沒有，都趕緊過來沙魯曼南城區的慈善院！」翡翠在內心用力呼叫那位和他締結契約的靈，「三天內回不來的話，下次再見到你，你就等著被我吃掉吧。我愛果凍，花香味的人形果凍真的超棒喔！」

縹碧依然沒有回應。

翡翠也不意外，他和縹碧雖說因契約關係而建立聯繫，卻不像和斯利斐爾一樣能夠隨時隨地在腦內進行通話，打個比方來說，他和縹碧之間常會出現訊息延誤，或是斷訊的問題。

在原地逗留太久易引人注目，何況他們之中又有翡翠這名回頭率超高的妖精，眾人最後決議轉移到其他適合談話的地方。

黑薔薇與白薔薇落腳的金匙旅店就是一個好選擇。

兩名塔爾分部的負責人平時都像是連體嬰的狀況，只要有黑薔薇，基本上旁邊就會見到白薔薇。

在住宿上，他們兩人自然也是住同一間房。

當翡翠看到黑薔薇他們的房間，內心深處不由得發出了嫉妒的呻吟。

太過分了……太大間，太豪華了啊！

他們在東城區教堂裡暫住的簡陋客房與這完全不能比。

翡翠這份嫉妒的心情在黑薔薇遞來了一盤小餅乾後，立刻消失無蹤。

如果一盤小餅乾不能解決，那再來一盤就好了。

翡翠滿足地抱著小餅乾，聽著白薔薇分析入侵慈善院會碰到的問題。

假如他們想要進入慈善院，一般的申請方法是不可行的，那要花太多時間。

無論是翡翠這方，或是黑薔薇他們，都希望最好能在今日或明日便展開行動。

如果沒有那層防護魔法，夜間入侵會是他們的優先選項。

但偏偏就是有那層魔法在。

「該怎麼辦才好呢……」珂妮從大衣內又拿出一瓶兔兔牌番茄汁，小聲地問，「就算我們假裝想要收養孤兒，沃克先生也說必須等上好幾天才會讓我們進去。」

「啊，孤兒。」白薔薇像被觸動，眼中綻放明亮的神采，「逆向思考的話，他們會願意收留無家可歸的小孩子對吧。」

「但我們去哪找適合的對象來假裝孤兒？」翡翠可不認爲這是一個好辦法。

首先，他們不可能隨便讓一般孩童涉險。而且找來的人還必須與他們認識，願意配合他們一起內外行動。

根據以上條件，最好是有著稚嫩外貌的假小孩……等等。

翡翠還眞想到了一位，對方的外表相當有欺騙性，絕不會有人懷疑她是成年人。

春麥．羅西，華格那分部的負責人。

身爲矮人族，她個子小小的，臉蛋稚氣可愛，綁著包包頭，看起來就像一個討人喜歡的小女生。

但翡翠轉瞬推翻這個念頭。

華格那離沙魯曼太遠了，遠水根本救不了近火。

白薔薇露出一抹神祕笑意，「事實上，在離開加雅前，流蘇送了我們一點小禮物。」

白薔薇這麼說的時候，黑薔薇已從他們的行李中將那份小禮物拿出來。

那是兩個拇指大小的玻璃瓶，裡頭分別盛裝著螢光綠和螢光紫的液體。

遠遠望去，倒像是兩枚漂亮的發光寶石。

但只要想到製作者叫作流蘇．裴爾特，翡翠就覺得那份美麗裡還帶著嚇人的毒性。

「這是什麼？」翡翠謹慎地看著那兩個玻璃瓶，連靠近都不敢太靠近。

在加雅分部的那幾天，他已經用自己的身體嘗到血淚的教訓了。

「能縮小的藥，外表年齡縮小的那種。」白薔薇笑吟吟地公布答案，「沒有副作用，效期短，只要十二小時就會恢復原狀。因爲太普通了，流蘇才會隨手送給我們。」

「能變小還叫普通嗎？」瑞比咂舌，「那怎樣才算是不普通？」

「喔，讓你尿尿的時候噴出七彩花瓣。」翡翠替瑞比解答，「你想試的話儘管去找流蘇，他一定很樂意拿你當試藥對象。」

瑞比當下控制不住震驚又嫌棄的表情，甚至懷疑自己是不是聽錯了。

上個廁所都能噴出七彩花瓣？天啊這也太可怕了吧！

黑薔薇抬起頭，黑亮的眼睛像黑珍珠般，瞬也不瞬地注視著他和白薔薇以外的人，接著他又對著白薔薇窸窸窣窣地說話。

憑翡翠的耳力，仍然無法捕捉到黑薔薇的說話內容。

不過白薔薇很快就公布了。

「黑薔薇說，翡翠是很適合的人選呢。」白髮少年眉眼彎彎，笑得越加秀氣溫雅，「相信沒有人可以抵抗翡翠的魅力，就算你變成短短腿和短短手也是。喔，腿和手都很短很短那句是我說的。」

「你短也強調太多次了吧。」翡翠抗拒地想再往後退，卻發現退路被堵住了，有雙褐色大掌牢牢扣住他的肩膀。

翡翠不敢置信地看著斯利斐爾，大受打擊的模樣活像看見罪該萬死的背叛者。

「在下認爲他說的沒錯。」斯利斐爾不讓翡翠有機會逃跑，「您全身上下唯有美貌是無人能敵的，即使您變小，這點也不會改變。」

「所以你想表達什麼？」翡翠只想朝身後男人翻白眼。

「在下想表達的是……」斯利斐爾的語氣斬釘截鐵，不容他人反駁，「這世界上不存在能勝過您外表的人，所以您一定得負責變小去當誘餌。」

「你到底在說什麼鬼啦！」要不是肩膀被扣著，翡翠眞想轉過去，反過來猛力搖晃斯利斐爾一頓。

「我覺得……」珂妮微弱地發表意見，「斯利斐爾先生的意思應該是，假如讓我們其他人去當那個變小的角色，就變相地表示我們比翡翠先生長得還要好看，但我們明明都比翡翠先生長得還要難……」

「啊，珂妮妳閉嘴。」瑞比強行截住珂妮的句尾。

知道翡翠長得美是一回事，被珂妮直白地說出長得難看，那又是另一回事了。

「我想在場的人都同意斯利斐爾的話，你會是非常棒的誘餌。我想慈善院看到你，一定會馬上留下你的。」白薔薇步步逼近動彈不得的翡翠，在對方一臉不肯屈服的眼神下，噗哧一笑，「別擔心，不會在這個時候強灌進你嘴巴的，請把它們收下吧。效果都是相同的，顏色只是流蘇隨心情調配出來，他一向喜歡大膽的顏色。」

「大膽到像有毒了好嗎？」翡翠接過那兩個透出螢光的小玻璃瓶，動動肩膀，示意斯利斐爾快把他放開。

敲定好犧牲者……不，是敲定好誘餌後，接下來的計畫就很好推演了。

明天翡翠喝藥變小後，就由沃克負責帶人到慈善院，謊稱撿到了被人拋棄的孤兒，想交給慈善院收留。

沃克是東城區的教士，在身分上不會被盤問太多。如果沒什麼意外，翡翠應該就會被帶入慈善院裡。

但像翡翠這麼精緻的孩子，身上得要有些缺陷，才容易被人相信他是遭到遺棄。最簡單的方式就是裝成無法說話，也就是假裝成一個啞巴。

等到翡翠順利進入，他就能利用深夜展開行動。

就算找不到解除防護魔法的方法，也可以打暈守門警衛，把大門打開，和瑞比他們來個裡應外合。

只要大夥都成功進入慈善院，那麼就是各自自由發揮的時間了。

「等一下，我突然有個更美妙的想法。」翡翠忽地插話，他拿出白薔薇強塞的兩個小玻璃瓶，「既然有兩份藥水，那幹嘛不再多找一個人當餌呢？我推薦斯利斐爾，他有著容易被忽略的特質，很適合負責勘查慈善院裡的構造和人力。」

這主意聽起來確實很不錯，而且感覺更加可靠。

但其他人內心想是這麼想，卻不敢當著斯利斐爾的面直接提出來。

大家你看我、我看你，最後不約而同地把目光集中在翡翠身上，試圖讓對方再加把勁，親自說動斯利斐爾。

「您覺得您可以說服在下？」斯利斐爾嘴角彎起弧度，可眼裡毫無笑意。

「你答應的話，我就……」翡翠勉爲其難地退讓一步，還露出「我好虧」的表情，「我今天就不跟你要零用錢買東西吃。不，在完成這次任務前，我都不會咬你的。」

「你這什麼怪癖好？」瑞比驚訝嚷道。

他當然不曉得翡翠這裡的咬，是針對鬆餅型態的斯利斐爾。

斯利斐爾他……還眞的屈服在這個條件下了。

他面上不顯，還是那副冷淡矜傲的模樣，但手指已往螢光紫那個小玻璃瓶探去。

「您應該知道。」斯利斐爾用意識和翡翠說：「這藥水並不能眞的讓在下縮小。」

「反正你可以自己縮小嘛。」翡翠愉快地說，他只是想單純把斯利斐爾一塊拖下水而已，「如果你變小，鬆餅型態也會變小嗎？那一定超可愛，說不定我一口就能把你吃掉了呢。」

「您的記憶力和腦子還好嗎？藥水還沒喝下，顯然您的腦子就已經先萎縮了。」斯利斐爾毫不留情地嘲諷，「在這次的任務結束前……世界任務結束前，您都不准對在下動口。」

在這對主僕腦內針鋒相對的時候，小組會議也沒有停下。

白薔薇和瑞比、珂妮你一句我一句地討論著計畫的細節，還要準備看來破舊的衣物讓翡翠他們穿上，最後約好隔天中午在東城區教堂見。

到時翡翠和斯利斐爾會先喝下變小的藥水，由沃克送往慈善院。

保險起見，翡翠變小後最好也改個髮色。

今天警衛已經見過他了，萬一讓慈善院的人把他和綠髮妖精聯想在一塊，認爲雙方有關聯，在收留環節上說不定會出問題。

染髮藥劑很好解決，由瑞比提供。

身爲神厄的一分子，瑞比執行任務時有時也得變裝，身上常帶著變裝道具，染髮藥劑就是其中之一。

確定大夥都沒有異議後，會議才終於解散。

瑞比想去買加滿冰塊的飲料，珂妮則想尋找哪邊有賣更多的兔兔牌番茄汁，好補一下身上存貨，因此兩人和翡翠他們分開行動。

「斯利斐爾，我還沒逛逛沙魯曼呢，不曉得這裡有什麼特別的小吃？」一提到吃的，翡翠精神就來了，他興致勃勃地望著斯利斐爾，「我想吃……」

「您不想。」斯利斐爾冷酷無情地終結翡翠的妄想，「或者您可以在夢裡儘管想，在下絕不會阻止您的。」

「等等！」翡翠忽地一擊掌，「前幾天不是用紫水晶換了不少晶幣嗎？」

翡翠說的是路那利送的那份禮物，項鍊本體已經全磨成粉，讓瑪瑙、珍珠和珊瑚吸收了，裝飾用的紫水晶則被拆下來拿去販售。

路那利送給翡翠的禮物自然不會是次級品，那紫水晶相當珍稀，當時在加雅的店舖換了一大袋晶幣。

雖然小精靈吃了不少，但翡翠記得自己一天吃不到幾枚，從加雅到沙魯曼的路上也沒花到什麼錢，晶幣肯定還剩下一些。

「斯利斐爾，給我零用錢，我要買點心。」想到這裡，翡翠理直氣壯地提出要求。

斯利斐爾冷冰冰地睨了他一眼，「您想多了，沒錢。那些都是要給小精靈的備用糧，您難道不想看見他們早日恢復正常作息嗎？您的良心是被狗啃了嗎？」

若換作以往，對翡翠而言，天大地大美食最大，誰都不可能排在好吃食物的前面。

可自從有了小精靈，美食和小精靈的地位是並排了。

想到至今仍無法活力充沛地整日活動的小精靈們，翡翠果斷放棄向斯利斐爾討零用錢，他要通通省下來給瑪瑙、珍珠和珊瑚。

不能探索沙魯曼的在地美食，翡翠也沒興趣去其他地方逛了，還不如早點回去，設法讓瑪瑙他們再吸收晶幣的能量。

回去的路上，他沒事找事做地在內心不斷騷擾如今不知在何方的縹碧，可惜還是沒收到任何訊息。

翡翠原以爲今天可能得不到對方的回應了，沒想到就在他踏進東城區小教堂的剎那間，腦海深處冷不防飄出細微的聲響。

「快了……」

那是縹碧的聲音。

第4章

一直到準備入睡的時候，翡翠還是想不通縹碧的那聲「快了」，是指什麼快了。是快回來了？快處理完事了？還是想快點被他吃掉？

翡翠私心希望是最後一個，但理智上他知道最好是第一個。

有對魔法瞭若指掌、又能瞞過他人耳目的大魔法師遺產，在進行許多事情上眞的非常方便。

想到明天就得服用流蘇的新藥，把自己變成小孩子設法混入慈善院，翡翠心裡還是有些七上八下。

不是爲了潛入慈善院這事，而是爲了必須喝下流蘇做出的藥水。

雖說流蘇掛保證藥效不會太長，也不會有詭異的副作用，但翡翠想想自己那幾天所遭遇過的，很難不對流蘇的說法抱持著懷疑。

「眞羡慕斯利斐爾你啊……」翡翠換上睡衣，對坐在椅上、已經閉眼的銀髮男人發出感嘆，「不用眞的喝下藥，可以自己改變大小，我眞擔心喝了藥會出什麼問題。」

「在下唯一擔心的問題是，您變小後大腦也會跟著萎縮，讓本來就沒多少容量的腦子變得空無一物了。」斯利斐爾掀開眼簾，回予了眞誠的擔憂。

「靠！」翡翠只想上前踢翻斯利斐爾坐的椅子，但這個念頭明顯並不實際，他只好豎起中指回敬。

翡翠將隔天要派上用場的東西做了最後確認，變小藥水、染髮藥劑、外觀破舊的小孩衣物……

藥水的效用只有十二小時，中午吃完飯過去，大約半夜十二點到一點之間就能展開行動。

確定沒有疏漏後，翡翠伸伸懶腰，準備躺上床。雖然還沒睡意，但他可以先拿珍珠帶著的其中一本小說來看。

屋外被黑夜和靜謐籠罩，只偶爾有些許唧唧蟲鳴傳來，一旦有其他聲響，容易被襯得格外響亮。

「翠翠！」一聲甜軟稚嫩的嗓音無預警冒出，在房內像被放大了數倍。

翡翠猛然一震，反射性看向包包，白髮金眸的瑪瑙正衝著他笑。

翡翠愣了愣，差點以爲自己產生幻覺兼幻聽，隨後他又聽見了第二聲清脆喊聲。

「翠翠！」

狂喜席捲翡翠心頭，他迫不及待地伸出手，讓爬出背包的瑪瑙坐上了他的掌心。

「翠翠、翠翠。」瑪瑙似乎熱衷重覆這幾個字，每當他喊出一次，他的笑容就更甜，像沁了蜂蜜一樣。

他靈巧地攀爬到翡翠肩上，再猛力跳到翡翠的臉上，用盡全力抱住對方不放，臉頰還不停地蹭著。

雖然翡翠很享受那柔嫩又Q彈的觸感，但被瑪瑙這樣死死巴住不放，也讓他的視野完全受限，只看得到瑪瑙而已。

他心頭發軟，又覺得好笑地將瑪瑙從自己臉上拎下，在瑪瑙撒嬌耍賴之前，將人穩穩地放入了胸前口袋。

瑪瑙瞇著眼，滿足的表情有如回到了最舒適的家。

「還有我，還有珊瑚大人！不可以忽略掉最偉大的珊瑚大人啦！」緊接在後的珊瑚從包包內探出頭，像隻活潑好動的小狗甩晃著腦袋。

才甩到一半，珊瑚驀地重心不穩，一頭往下栽。

她撲跌在床上，很快又抬起頭，哈哈笑起，「珊瑚大人的頭很硬，完全沒事呢！」

「妳頭硬不硬我不知道，我只知道妳屁股大，擋到我的視線了。」溫吞的聲音跟著一道小巧人影出現。珍珠一手攀在包包邊緣，一手拖著比她還大的書本。

翡翠幫珍珠將書抽出來，映入眼中的書名依舊是讓人想吐槽的熟悉風格。

《高冷元帥別惹我》

一看就知道又是桑回．伊斯坦的作品了。

「桑回真的有八隻手吧，他其實不是幻羊族，而是章魚族的吧。」翡翠忍不住對桑回的寫作速度發出了質疑。

「您的記憶力不行的話，在下可以幫您加強一下，敲一敲就會變好了。」斯利斐爾語氣平淡，可隱約又透出一縷躍躍欲試的意味。

翡翠不想多此一舉地問敲哪裡，反正肯定是他的腦袋。

「翠翠，那是什麼？要給誰穿的？」瑪瑙立刻瞧見扔在一邊的孩童衣物。

我們三個體型太小，不可能穿得上。翠翠的同伴也沒有小孩子，所以說……

一個讓人震驚的猜測像閃電劃過瑪瑙心裡，他在翡翠看不見的角度冷冰冰地瞪了那套衣物一眼，隨後眼眶突然一紅，淚水說蓄起就蓄起，掛在眼睫上的淚珠搖搖欲墜，像是透明的寶石。

「難道翠翠要有新的小孩了嗎？是不是我不夠乖、不夠可愛、不夠聽話？他很多地方都比我好嗎？」

「嗯，肯定比不過瑪瑙愛演。」珊瑚摸著下巴，慢了好幾拍才反應過來瑪瑙問了什麼。她不敢置信地瞪圓眼，倒抽一口氣，立刻急得直跳腳，「翠翠要有新小孩了？不行，珊瑚大人不允許！」

「沒有沒有，我只有你們，你們就是最乖最可愛的小朋友了。」翡翠忙不迭安撫，瑪瑙的眼淚讓他的一顆心不由得擰成一團。

「很顯然，翠翠有事要做，對吧。」唯有珍珠冷靜如常，但仔細觀察，就會發現書頁在不知不覺中被她捏縐了一角。

「珍珠說的沒錯。」翡翠嘉獎地摸摸珍珠的腦袋，「明天有很重要的任務要做，那套衣服就是道具。」

「要去打壞人嗎？」珊瑚的眼睛閃閃發亮，像兩盞小燈泡，「交給珊瑚大人吧，絕對會把壞人都燒──光光的！」

「然後妳就會不小心把翠翠也燒到。」珍珠慢吞吞地翻起下一頁。

「才不會、才不會！我是聰明又偉大的珊瑚大人耶！」珊瑚跳起來，雙手扠腰地拚命反駁。

珍珠將小說的一個段落看完，把書合起，仰頭望著翡翠，「翠翠要去什麼地方，調查什麼事情嗎？」

「不管去哪裡，只要是翠翠想做的，我都會幫翠翠做到。」既然沒有會威脅到自己地位的存在，瑪瑙露出最甜的笑。

翡翠要被自己的小精靈們可愛死了，他逐一給了他們一個額頭親親，接著開始爲他們解釋明日的行動。

聽完整個入侵計畫，小精靈們在意的重點反倒是另一個。

「翠翠要變小孩？跟我們一樣，只有兩顆蘋果大的小孩嗎？」珊瑚震驚萬分。

「是普通尺寸，很多顆蘋果大小的小孩。」珍珠搖搖頭，幽幽地嘆口氣。

「一定比我還可愛，翠翠最可愛了。」瑪瑙毫不吝惜地說著甜言蜜語。

「明天我會先把包包交給斯利斐爾，你們在他那邊要乖喔，記得別亂跑。」翡翠千叮嚀萬交代，「知道了嗎？」

「知道了！」小精靈們異口同聲地做出保證。

隨著夜色漸深，翡翠將三名小精靈再次哄上床睡覺，明天他們還有許多事要做，必須好好養足精神才行。

瑪瑙最快躺下，拉好棉被，看起來就是最乖的小孩。

「再一下、再一下，晚一點啦！珊瑚大人可以滾一百圈給翠翠看喔！」珊瑚抱著棉被打著滾，想證明自己精力旺盛，還不到上床睡覺的時候。

珍珠則是抓著書的一角不放手，視線緊緊黏在文字上，「再一頁，翠翠我再看一頁就好。」

「不行。」翡翠被兩人逗笑，但還是拿出嚴正的態度拒絕了她們的要求。他太明白只要自己一鬆口，馬上就會有下一個再一次出現。

就像他吃到好吃的東西時，都會反射性地喊一聲再來一個。

「好啦，大家快睡吧。最快睡著的，明天起床可以有兩個親親喔。」翡翠利誘著。

一聽到居然能一次獲得兩個來自翡翠的親親，上一刻還在努力掙扎的珊瑚和珍珠立刻停下動作，兩人趕緊躺好，眼睛飛快閉上。

「珊瑚大人睡了喔！眞的睡了喔！」珊瑚緊閉著眼，大聲地說。

翡翠笑了笑，把房內的燈關掉，窗外能看見微胖的明亮銀月。

小精靈們一閉上眼，不知不覺便感到睡意湧上，過不久眞的進入了夢鄉。

「晚安啦，斯利斐爾。」擔心吵到睡著的瑪瑙他們，翡翠壓低音量，對坐在椅子上的銀髮男人說。

「您只要動動腦，就會想起您可以直接用意識跟在下說話。」斯利斐爾看了翡翠一眼，然後也慢慢閉起紅寶石般的眼眸，「抱歉，在下忘了您似乎沒有那存在。不過……晚安。」

翡翠聳聳肩，早就習慣斯利斐爾這種古怪的彆扭，偶爾他也會覺得還滿可愛的啦。

聽著小精靈們平穩的小小呼吸聲，翡翠覺得心裡浮上一股難以言喻的安心感。只要有他們在，他就不會對活著一事感到無所謂。

「翠翠，我們要永遠在一起喔。」瑪瑙忽然冒出了夢話。

翡翠的眼神變得更加溫柔，他輕手輕腳地將瑪瑙頰邊的一綹髮絲撥開，對著睡著的小精靈們柔聲允諾。

「嗯，我們會永遠在一起的。」

✣✣✣

夜深人靜，黑夜籠罩了整個沙魯曼，也包括了東城區的教堂。

銀白的月亮被半隱在雲層之後，隱隱約約散發出朦朧的光輝。

這個時間點，絕大多數人都已進入夢鄉，瑞比也不例外。

可即使是在睡夢中，瑞比仍本能保持著高度的警戒，只要稍微有點細響，就能馬上清醒過來，用最快速度抽出壓在枕頭底下的槍。

瑞比是倏然間聽到聲音的，就來自他的身側。

他瞬間睜開眼，彈起身體和握槍上膛幾乎都在同時間完成。

他將槍口對準了聲音來源處，隨後發現製造動靜的人赫然是隔壁床的珂妮。

由於小教堂只能清出兩間客房，身負護衛責任的瑞比自然與珂妮同房。

珂妮從床上坐了起來，雙眼卻是閉著的。

「珂妮？」瑞比把槍放下，狐疑地喊了一聲。

珂妮沒有反應，還是直挺挺地坐著。

但就在下一剎那，她驀然掀開被子，起身下床。她的雙眼仍閉得緊緊，打著赤腳，像條遊魂般朝門口走去。

瑞比看出來了，珂妮這是在夢遊。

如果不是雙眼緊閉，金髮少女的行動就和清醒時無異。

瑞比猜不出來珂妮要做什麼，但他知道不能隨意叫醒夢遊中的人，否則容易讓對方受到更大驚嚇。

他跟在珂妮身後，看著她走出房門，來到了另一間房的門外。

珂妮在這時候靜止不動了，探出雲外的月亮灑下光輝，將她的影子拉得長長，她面向著木板門，嘴唇無意識地開合。

瑞比在這一瞬間臉色大變，因爲他聽見金髮少女夢囈地說：

「你們當中，將會有人死去。」

——那是翡翠他們的房間。

隔天近中午的時候，翡翠他們先聚集在教堂後方設置的小廚房，一邊吃午餐一邊等黑薔薇與白薔薇。

珂妮和瑞比狀態不太好，坐在餐桌前吃著簡單午餐時，都顯得有些心不在焉。

珂妮是因爲醒來後憶起昨夜作的預知夢，導致她一時不知該如何面對翡翠等人。

預知夢不是她可控的，她本該對這種事情習以爲常。

可這還是她第一次……夢到了同伴的死亡。

她的預知夢有時清晰得彷如歷歷在目，有時只會冒出模糊影像，昨夜她夢到的就是後者。

她看到了火焰、闃黑無盡的夜空，還有一抹人影在焰光下灰飛煙滅。

那人影模模糊糊，頂多是有著人形的輪廓，是男是女都無法辨認。甚至因爲人影在高空，看起來小得不可思議，她也難以判斷出體型。

但在夢裡，她無比深刻地感受到——那個人，是繁星冒險團的某人。

相較於珂妮的無精打采，瑞比比較慘，眼睛下面還掛著淡淡的黑眼圈，擺明就是幾乎整晚沒睡。

昨夜目睹珂妮對著繁星冒險團做出了駭人預言，他哪有可能再安心入睡。

如果珂妮預言的對象是跟他毫無關係的人，他壓根不會放在心上，反正這世界上每一天都有人死掉。

就連死在他槍下的傢伙都不曉得有多少了。

可是……爲什麼偏偏會是翡翠他們？

瑞比腦子塞滿亂七八糟的思緒，像團毛線球打了死結。一份夾蛋三明治拿在手上，咬了第一口後，遲遲沒有再咬第二口。

翡翠和斯利斐爾自然注意到了神厄雙人組的異狀，但誰也沒去在意。

翡翠不客氣地徵收走斯利斐爾面前的食物。

斯利斐爾本身不須進食，反正只要翡翠別把他當早餐，他就不介意被搶食。

雖然三明治外表樸素，但滋味卻意外地好。

糙米做成的吐司比普通吐司來得有嚼勁，烤過後香氣十足。內側抹上一層鹹奶油，混著一點微微嗆辣的香料，中間夾上厚厚的滑嫩煎蛋。一口咬下，蛋裡還會流出濃稠牽絲的起司，多層次的味道疊加出更深層的美味，讓人忍不住驚訝沃克竟有這麼一手好廚藝。

沃克準備好午餐後便匆匆離去。

這間小教堂只有他一個教士，他得先把一些雜事處理完畢，再貼上會外出幾天的公告——他的確會去拜訪西城區的同事。

如此一來，才能讓他「短期內分身乏術，難以照顧兩名孤兒」的事更加逼真。

翡翠打開包包，發現出房門前還在睡夢中的三名小精靈已精神奕奕。

「翠翠早安。」瑪瑙總是動作最快的那個，這樣才能第一時間和翡翠近距離接觸。

他靈活地爬到桌面，窩在翡翠的手掌旁邊像小貓蹭了蹭，只差沒有翻身把肚皮露給翡翠撓撓。

「為什麼又要踹珊瑚大人啊……讓我當一次第一名又不會怎樣！」珊瑚鼓著腮幫子，碎碎唸地從包裡爬出來。

「那妳就還會被瑪瑙踢下去。」珍珠沒興趣跟人搶快，她最慢才探出腦袋，對著翡翠恬靜一笑，「早安，翠翠。」

瑞比早從路那利那聽說翡翠身邊有三隻掌心妖精，但直到親眼目睹，才能眞正感受到他們驚人的魅力。

巴掌大的身子、白裡透紅的柔嫩臉頰、尖尖耳朵，還有精緻如洋娃娃般的五官……喂喂，這也太可愛了吧！不愧是號稱法法依特大陸最可愛的存在！

珂妮則是看傻了眼，連先前的煩惱都被拋到腦後。她緊緊摀著胸口，呼吸急促，似乎下一秒就會喘不過氣。

她劇烈地吸了幾口氣，再也無法維持冷靜，捧著臉頰嚷出聲。

「啊啊啊啊啊，掌心妖精！」珂妮就算是亢奮尖叫，也是音量小小的，「三個掌心妖精！瑞比前輩，我是不是在作夢？我居然一次看見了三個掌心妖精，是三個！」

看著翡翠撕了小小塊的三明治給瑪瑙他們，珂妮又想「啊啊啊」亂叫一通，好發洩內心的激動。

珂妮迅速從大衣底下掏出裝箱的六瓶兔兔牌番茄汁，鄭重地放在瑪瑙他們的面前。

「這是禮物，請你們一定要收下，我們地兔族出品的番茄汁眞的超級、超級好喝！」

瑪瑙看都沒看珂妮一眼，心神全放在翡翠身上。

珊瑚倒是分給珂妮一絲注意力，她皺著一張小臉，「珊瑚大人討厭水果跟蔬菜。」

「放著就好，謝謝。」珍珠頭也不抬地說。

初見瑪瑙、珍珠、珊瑚的激越之情過後，瑞比和珂妮重新想起那重正籠罩在繁星冒險團頭頂上的死亡陰影。

珂妮無措地朝瑞比使了眼色，無聲地詢問他該怎麼辦。

瑞比才是那個想問該怎麼辦的人，他甚至不曉得要不要將昨夜發生的事告訴翡翠他們。他欲言又止，好幾次話來到喉頭又被他吞嚥回去。

總不能大剌剌地跟翡翠他們說：你們這幾天小心點，會有人死。

這聽起來也太像故意詛咒人了！

偏偏這還不是詛咒，而是來自珂妮．邦妮的預知。

至目前為止，珂妮的預言從來沒有出錯。

這代表著，繁星冒險團在不久的未來一定會有人迎來死亡。

瑞比和珂妮無可避免地感到心情沉重，他們的心頭猶如壓了一塊大石。

「翡翠，你們好了嗎？」

廚房門口出現一黑一白兩道相似人影，正是約好來訪的黑薔薇與白薔薇。

兩位塔爾負責人的到來轉移了翡翠幾人的注意力，也讓瑞比和珂妮鬆了一口氣。

「翡翠，你們好了嗎？可以展開計畫了嗎？」白薔薇重覆一次剛剛的問題，不忘與三位小精靈打了招呼。

看在熟人的份上，小精靈們朝白薔薇和黑薔薇揮了下手或點了點頭。

廚房裡空間不大，黑薔薇與白薔薇乾脆站在外面等。

翡翠將剩下的三明治三兩口塞完，按著桌面站起，「好了，瑪瑙、珍珠、珊瑚，昨天交代過的還記得嗎？」

「記得！」三名小精靈齊聲喊，其中以珊瑚喊得最大聲，好表現出她偉大的氣勢。

還沒等瑞比問翡翠到底交代了什麼，瑪瑙、珍珠和珊瑚靈巧地跳回背包內，誰都不再出聲，安靜地不讓人察覺他們的存在。

翡翠將包包交給斯利斐爾，想到待會要喝的螢光藥水，忍不住愁眉苦臉地嘆了口氣，他只能由衷希望那藥水眞的如流蘇掛的保證般——

一、點、副、作、用、都、沒、有。

「喝了眞不會出問題吧……」翡翠對著白薔薇他們碎碎唸。

「怎麼會呢，你要相信流蘇的保證才行哪，翡翠。」白薔薇笑靨如花，眼神眞摯。

翡翠敢用珂妮的兔子腿肉發誓，那笑容裡頭分明是滿滿看熱鬧的意味。

即使事先有所了解，但當沃克看到翡翠和斯利斐爾進去房間一趟，再出來後就變成了兩名約莫五歲的幼童，他還是大感震撼，不由自主地喃唸了一句。

「眞神在上……這簡直像奇蹟。」

「是奇蹟啊，翡翠先生好可愛、好漂亮！」珂妮不停地抽著氣，像是下一秒會激動得昏過去，「不愧是路那利前輩喜歡的人，變小了也還是那麼優秀！」

「這跟優秀有啥鬼關係？」瑞比翻了白眼，「明明是因爲人家本來就長得好看。」

外表年紀縮水的翡翠，在幼兒化後也還是漂亮又精緻。至於斯利斐爾，他淡去了自身的存在感，讓人不容易注意到他。

翡翠的一頭綠髮因爲染髮劑暫時成了白色，變爲外人眼中的白髮紫眸妖精幼童。

換揹在斯利斐爾身側的包包由內被頂開，三雙眼睛從縫隙內露出來。

沒人知道，趴在包包邊緣的小精靈們全都激動得小臉漲紅。倘若不是還記著翡翠交代要保持安靜，他們早就忍不住熱烈狂喊「翠翠太可愛了」。

斯利斐爾瞄了一眼包包，將袋蓋稍微往下壓了壓，以免越來越興奮的珊瑚把整顆腦袋都探出來。

「走囉！」沃克沒留意到斯利斐爾的小動作，他飛快撈起兩名小孩，一手扛一個，健步如飛地趕往慈善院。

瑞比等一群人如果都過去，會過於引人注目，最後由擅長隱藏氣息、行蹤的瑞比跟在後頭，隨時支援可能出現的變故。

不過事情進行得比翡翠他們預想的順利太多，預估的一些變數因子都沒有出現。

瑞比蹲踞在高處，遮蔽自己的氣息，用陰影隱匿身影。

從他的視角看，能看到沃克放下兩個孩子，一臉憂容地跟守門警衛說了些什麼——內容不外乎是他撿到兩名無家可歸的可憐小孩，卻有要事無暇照顧，只好請慈善院幫忙之類的。

沃克的嘴巴一張一合，再指指翡翠的喉嚨，愁眉苦臉地嘆口氣。

瑞比推測他是在跟人說翡翠有著無法說話的缺陷。

長得漂亮卻有殘缺的小孩總更加惹人憐愛，瑞比可以瞧見警衛露出了同情的神色。

沒過多久，接到通知的另外幾人趕了過來。

爲首的是一個正值壯年的金髮男人，只不過他的髮絲缺了亮度，如同罩上一層灰的黯淡金色。

金髮男人看起來在院裡地位頗高，他和沃克親切地交談，眼神不時落在翡翠身上，臉上寫滿了讚歎還有憐惜。

瑞比雖然聽不見他們在說什麼，然而他能精準地捕捉到那名男人的眼神。

那雙眼裡可沒多少溫度，反倒洩露出一絲麻木，臉上的表情則像是熟練的僞裝。

沃克沒有在大門外停留太久，把兩名小孩交付給慈善院人員後，說了一些可能是感激的話語，又伸手摸摸翡翠的頭，便轉身離開。

在金髮男人準備帶翡翠二人進去慈善院前，瑞比忽地吹出一記尖細口哨，乍聽下彷彿鳥類的鳴叫聲。

那是一個暗號。

在出發至慈善院前，瑞比曾交代過翡翠，假如聽見這個暗號，就往外跑幾步，他有東西要交給他。

瑞比不是沒想過在路上就把那東西先給翡翠，但又憂心著要是翡翠半路就拆來看，他不知道該怎麼直面對方的質疑。

——有關珂妮的預知。

想來想去，瑞比想得頭都痛了，只好破天荒選擇逃避一回，拖延到了最後一刻才去面對。

一聽見暗號響起，翡翠馬上往外跑。

慈善院的人一驚，以爲他想逃跑，可緊接著就看見他在門外不遠處停了下來，對著已經離去的沃克背影拚命地揮著手。

翡翠成功營造出只是想跟那位好心教士告別的模樣，因而沒有人注意到，有個小紙團迅雷不及掩耳地落入他的懷中。

翡翠飛快藏起，轉身跑回了斯利斐爾身邊，小臉上還掛著悲傷的神色，像在不捨沃克的離去。

瑞比粑粑頭髮，不確定翡翠看見紙團內容後，會露出怎樣的表情。

他有些苦惱地吐出一口氣，等到那扇巨大的黑色鏤空雕花大門重新關上，再次徹底隔離院內院外的接觸，才俐落地離開藏身之處，準備回去跟大家報告狀況。

第5章

聽著大門在身後緩緩關上，翡翠沒有回頭，而是毫不掩飾好奇地東張西望，像被這個極寬廣的場地吸引，但實際是在默記路線。

正如同從牆外的窺探，慈善院裡栽種了大量樹木，蒼綠的葉片長得又大又茂密，朝周圍無止盡綿延，宛如大片綠色海洋。

白色的長方形建築物有兩棟，佔地廣大，彼此之間離得有點遠。

每棟有三層，無數窗戶鑲嵌其上，玻璃像經過特殊處理，從外頭看不見裡面景象。

除此之外，四周似乎真的就只是被層層疊疊的綠意包圍。

如果這裡沒有藏著什麼見不得光的祕密，看起來就是個能讓人放鬆身心的好環境。

金髮中年人自稱是這間慈善院的負責人，他將翡翠和斯利斐爾交給了跟著他的一名中年紅髮女人。

旁邊的人都稱呼她爲海倫娜太太。

海倫娜的頭髮一絲不苟地梳成髮髻，紮綁在腦袋後。高顴骨、薄嘴唇，讓她的面容看上去有點刻薄嚴厲。

她看到翡翠時，眼裡閃過一絲驚艷，卻沒有任何心軟或是同情之類的情緒。

翡翠猜測，這恐怕是個面冷心腸也硬的人。

「跟我來吧。」海倫娜態度冷淡，看向小孩子模樣的翡翠和斯利斐爾，視線主要落在翡翠身上，斯利斐爾的存在總讓她不自覺忽略，「在我們這裡只要記好三件事，不准往外亂跑，不准吵鬧，不准問問題。」

翡翠反射性就想張嘴問爲什麼，但猛然想起自己的啞巴設定，趕緊摀住嘴。

海倫娜只以爲翡翠將她的話聽進去，連啊啊的叫聲都不敢發出。

她滿意地點點頭，將兩人帶進了正中央的白色大屋子。

「一樓是餐廳和教室，其他孩子現在正在上課，你們明天也會加入他們。二樓是活動空間跟職員辦公室，三樓是你們的房間。剛好還有一個空房，你們先住那裡，但如果有新的小孩來，你們就得一起睡了。」海倫娜語速飛快，她不會問人有沒有聽懂，似乎在她心裡，她說出口的話就該全部一字不漏地記下才對。

海倫娜帶著兩人在屋內走了一圈，讓他們認識大致環境。

翡翠注意到建築物裡不少地方都能看見一幅肖像畫，畫裡是名戴著金邊眼鏡的微胖老人。他頭髮花白，神情慈善，蓄著短短的鬍子，給人老紳士的感覺。

海倫娜發現翡翠目光落向之處，語帶驕傲地說，「這是創辦慈善院的老布拉茨先生，你們要對他心懷崇敬。沒有他，你們如今不知會流落到哪裡去。」

海倫娜隨後帶著翡翠他們上三樓，在靠走廊尾端的一間房間門前停下。

「裡面已經準備好衣服，換好後就直接到一樓。那時也差不多下課了，其他孩子做什麼，你們跟著做什麼就對了。」

說完該說的，海倫娜打開房門，催促著兩人進去。

那是個放了兩張上下鋪床架的小房間，沒有太多活動空間，雖然有對外窗，但看上去仍給人狹窄陰暗的感覺。

其中一張床放著兩套乾淨的衣物。

斯利斐爾把自己的那套隨意往床底下一塞，一彈指，身上的衣物就變得跟慈善院提供的一模一樣。

翡翠可沒辦法像對方一樣自動變裝，他換上新衣服，發現稍微大了些，袖子得捲起一圈。

「瑞比剛給了您什麼？」為了確保房外沒人監聽，斯利斐爾直接以意識問話。

「一個縐巴巴的紙團。真可惜，我還以為他會給我糖果餅乾，或是其他吃的。」翡翠語帶遺憾，「也不知道裡面寫了什麼。」

翡翠將瑞比給的紙團攤平，看見了上面一排潦草的字跡。

當看清紙上究竟寫著什麼，翡翠和斯利斐爾瞬間面露愕色。

瑞比留下的訊息實在太聳人聽聞。

上面寫著珂妮昨夜作了預知夢，夢到繁星冒險團中有某人會死，要翡翠多注意瑪瑙他們和斯利斐爾的安全，務必小心為上。

瑞比沒有提到翡翠，也是因為珂妮的夢。

在珂妮的上一場預知夢裡，翡翠是會讓黑雪終結的人。假如他死去，那麼這兩場夢就自相矛盾了。

扣掉翡翠，繁星冒險團裡還有斯利斐爾、瑪瑙、珍珠、珊瑚，再加上機動人員路那利和思賓瑟。

但一人一兔當時不在教堂房間裡，因此也能剔除。

「這什麼鬼東西？」翡翠腦內出現短暫混亂，甚至懷疑自己是不是眼花看錯，「瑞比在開什麼玩笑？這玩笑也太爛了吧！」

他再三盯著紙條確認，可上頭一個字也沒變，仍是令人觸目驚心的內容。

一時間翡翠根本難以冷靜，他無意識地在房裡轉來轉去，恨不得現在就能長出一雙翅膀，飛到珂妮面前，逼問她那個夢境究竟還說了什麼，爲什麼她會作這個夢？

斯利斐爾是眞神代理人，嚴格上來說，甚至不屬於生物範疇。

那麼死亡預知肯定與他無關。

如此一來，最可能有危險的就是三名小精靈了。

只要一想到瑪瑙、珍珠、珊瑚當中或許有誰會遭遇不測，翡翠就感覺心臟被看不見的大手狠狠掐住，手腳變得冰冷，體溫像是一口氣被抽離。

不、不、不，我不允許……這種荒謬的事情……

翡翠停下轉圈，蹲在地上，大口大口地喘著氣，彷彿不這樣做就呼吸不過來。

斯利斐爾站在翡翠身邊，雙手放在他肩上，稍微施加了一些力道，「您得冷靜，在下和您都會保護好小精靈。在下跟您保證，絕不會讓他們出事。」

斯利斐爾的話像帶著一股魔力，明明是缺乏抑揚頓挫的聲調，無形中卻給予翡翠安定的力量。

翡翠呼吸慢慢變得平緩，他轉頭看了肩上那雙小小的手。

小得可愛，但散發著可靠沉穩的感覺。

「沒錯……」翡翠用力揉揉臉，將臉上的沮喪全數抹去，當他站直身體，眼眸裡又恢復原先的光采。

這一刻，翡翠不禁慶幸他們為了避免房外有人監聽，全程都是腦內對談。

才沒有讓關於珂妮預知死亡的那番話被小精靈們聽見。

翡翠一點也不希望他們陷入不必要的惴惴不安之中。

正如同斯利斐爾方才說的，他們會保護好瑪瑙、珍珠和珊瑚，絕對不會置他們於險境，更別說讓危險靠近他們一步。

紊亂的思緒經過整理，翡翠尋回了理智。他發現自己剛剛居然忘了最重要的一點，只要繼續讓小精靈們待在斯利斐爾身邊，那安全上的保障就會大幅提升。

「走吧，我們該快點下樓了，不然那位海倫娜太太可能就要找上來。」翡翠扳著手指，數著他們下一步計畫，「先看看能不能從其他小朋友那問到什麼，例如另外一棟白色屋子的作用，被帶進來的流浪漢在哪裡，還有沃克想找的那幾位……」

說到一半，翡翠突然噗哧一笑，他現在是無法說話的設定，因此打聽線索就得靠斯利斐爾了。

只要想到平常話少，一開口就是毒舌功力全發的男人，這次必須負責當話多的那個，就讓他心情愉快。

斯利斐爾顯然也想到這點，身周溫度頓時降得更低了。

翡翠笑嘻嘻地拍拍斯利斐爾的肩膀，給了對方一記「加油，我看好你喔」的眼神。

無視斯利斐爾身上颼颼放送的冷氣，翡翠打開包包，與三雙晶亮的大眼對上。

「翠翠好可愛喔。」瑪瑙捧著臉頰，小臉通紅地用氣聲說。

珊瑚才剛要開口，就被珍珠和瑪瑙聯手摀住嘴巴，不讓她有機會發出過大的音量。

翡翠輕輕點了一下三顆小腦袋，要他們再忍耐一會兒。

瑪瑙、珍珠、珊瑚乖巧地點點頭，由瑪瑙主動把袋蓋拉下，拉下前還迅雷不及掩耳地偷親了翡翠的指尖。

「斯利斐爾，接下來都交給你啦。」翡翠雙手交握，眼睛閃閃發亮，滿懷期待。果然，看別人的熱鬧總是更有趣呢！

記著海倫娜的交代，翡翠和斯利斐爾來到一樓。

先前關上的教室一間間打開了門，許多孩童從裡頭歡快地跑出來。他們看上去都不大，最年長的大約十二歲左右。

幾位老師跟在後面喊著，「先到餐廳去，今天的點心已經準備好了。」

「耶，點心！」孩子們歡天喜地地跑向餐廳。

「噓，別太大聲，不然海倫娜太太會不高興的。」一名老師連忙制止大家的吵鬧。

「海倫娜太太」這幾字顯然特別有震懾力，原先還鬧哄哄的孩子們瞬間安靜下來，稚氣的臉蛋流露一絲緊張。

他們東張西望，確定那名紅髮中年女人的身影沒有出現後，不禁大大地鬆口氣。

接著像是覺得彼此的行爲很搞笑，忍不住竊笑起來，一起朝餐聽方向跑去，如同匯集在一起的彩色魚群。

有的孩子發現翡翠他們，馬上好奇地跑過去。

「你們是新來的嗎？」

「你長得好好看喔，像洋娃娃一樣！你的耳朵還是尖的！」

有人發出了驚呼，也有人立刻得意洋洋地回答。

「我知道，是妖精！妖精的耳朵是尖的！」

一聽見新來的孩子居然是妖精，其他人不禁讚歎地哇了一聲，像是把翡翠當成了稀有物品，圍著他團團轉。

方才要大夥小聲點的女老師走過來，臉上帶著和善的笑容，「你們就是海倫娜太太新帶回來的孩子吧，你們的名字是？」

「快回答。」翡翠連忙戳戳斯利斐爾，「就小翠和小銀吧。」

「他是小翠……我是小銀。」斯利斐爾心不甘、情不願地從齒縫間蹦出了字，看得出他對「小銀」這個暱稱很不滿意。

斯利斐爾出聲，女老師的注意力才轉向他。

明明斯利斐爾的外表也是精緻漂亮，但由於他淡去了自身的存在感，見到他的人都會忽略他的長相，甚至無意識忘了他也在。

「你們不用太緊張。」女老師的視線隨即轉向翡翠，「一起跟大家去餐廳吃點心吧。安琪拉和貝蒂，妳們是姊姊，他們就交給妳們照顧了。等吃完點心，記得帶他們參觀一下。對了，小翠不會說話，妳們要多點耐心喔。」

被點到名的兩個女孩都是十一歲的大孩子，她們大聲應好。等女老師離去，便迫不及待地圍上翡翠，想牽住他的手。

「小翠、小翠，你是哪裡來的？你真的不會說話嗎？」安琪拉是綁著兩條麻花辮的女孩子。

「好可憐喔……不過別怕，這裡的人都很好的。」貝蒂臉上帶有雀斑，她滿是同情地看著翡翠。

翡翠迅速展現了他的演技，他露出怯生生的表情，往斯利斐爾身邊靠，一雙手還緊緊握著對方的手。

見狀，安琪拉和貝蒂只好放棄想牽翡翠手的念頭，先帶兩人到餐廳去。

餐廳裡擠滿了正在排隊領點心的孩子，每張稚嫩的面孔上都帶著欣喜和期待。

點心人人都有一份，就算翡翠他們比較晚進來，也不用擔心拿不到。

翡翠拿到點心時，才發現是一個綠色的果凍，上面淋著糖漿，這讓他忍不住憶起了至今不知跑哪去的縹碧。

眞懷念那個有花香味的人形大果凍啊。

「點心要在餐廳裡吃完才可以喔。」安琪拉叮嚀，「不能帶到外面去，不然海倫娜太太會不高興，她不喜歡看到有人在外面吃東西。」

「海倫娜太太好囉嗦又好煩啊。」貝蒂說得很小聲，深怕被別人聽見，把她的抱怨傳給海倫娜。

翡翠掃了一圈餐廳，發現裡面的工作人員確實都牢牢地盯著孩子們的舉動，確保他們把點心吃完才出去。

慈善院古怪的地方又增加一個了。

翡翠懷疑點心是不是有添加特殊成分，所以大人們才非得看著小孩吃下。

但不管怎樣，如果他這時候不吃，就會引來關注。

「不會有什麼讓人傷腦筋的副作用吧。」翡翠在腦中問著斯利斐爾，「像會多天一直跑廁所，或是幾天內不能吃某種顏色的食物之類的。」

「對您不會有任何效用。」斯利斐爾的聲音比平時更冷峻。

翡翠聽出來了，這點心恐怕眞的添加了不妙的成分。

「小翠，你們趕快吃啊，吃完記得把盤子放到那邊喔。」貝蒂指著牆邊的回收台，她和安琪拉已經吃完果凍了，「然後我們再帶你們四處參觀，認識認識這裡的環境。」

翡翠注意到有職員往他們這方向看了，三兩口便把果凍吃進肚子裡。味道普通，有一縷淡淡的蘋果味。

斯利斐爾同樣也把果凍吃下，吃完後他的臉色簡直像凍了一層寒霜。

「雖然不好吃，但也不至於難吃到這種地步吧。」翡翠說道。

「這裡面加了紫鈴蘭的提煉物。它對精靈無效，否則在下絕不會讓您吃下這種東西。」

斯利斐爾看餐廳裡的職員像在看著垃圾。

當翡翠聽完斯利斐爾對紫鈴蘭的解說，他不敢置信地看著四周掛著天眞笑臉的孩子，一顆心不禁沉了沉，胃部更像是被強塞入一把冰塊。

紫鈴蘭——服用後能輕微麻痺痛覺，長時間保持愉悅，但思緒會逐漸變得遲緩。一旦吸入數次，將會累積毒性並令人成癮。

簡單來說，是一種毒品。

慈善院的人給收留的孤兒餵毒是打算做什麼？

不管他們的目的爲何，翡翠只知道，這些傢伙都是一群人渣。

正因爲自己也養著小精靈，翡翠對慈善院的手段更加憎厭，但眼下也只能先把這股怒意壓在心底。

按照安琪拉她們的說法，每天會有兩次點心時間，大家都很期待。

吃完了今日份的果凍，兩名女孩子帶著翡翠和斯利斐爾到戶外認識新環境。

安琪拉的話比較多，嘰嘰喳喳地像隻小鳥，不用翡翠他們多問，就自己先說了許多關於慈善院的事。

「小翠，告訴你們喔。我們住的這間屋子叫兒童之家，後面的屋子則是大人之家。

院長他們除了會收留像我們這樣的小孩，還會把沒有家的大人也帶回來。不過我沒看過大人之家的人呢，那邊太遠了，海倫娜太太也不准我們跑過去。」

「要是太靠近會被那邊的叔叔們趕回來。」貝蒂皺著眉頭，「他們很凶的，跟海倫娜太太一樣凶。」

翡翠猜測貝蒂口中的「叔叔」也是慈善院的工作人員。

即使沒有得到翡翠二人的回應，安琪拉仍是自顧自地說得很開心，「待在這裡眞的很幸福呢，可以吃飽飽，還能上課、學習新知識。而且啊，不用太久就會有新的爸爸媽媽帶我們去新的家！年紀大的會先被領養走，上回是喬莉和凱伊，可惜我們來不及跟他們道別……老師有說，領養人都是很早就來接人的。接下來應該快輪到我跟貝蒂了，我們都快十二歲了呢！」

「小翠你們雖然年紀還小，但是你長那麼好看，一定也會很快有新爸媽的。」貝蒂安慰說道：「對了，晚上千萬不能跑出屋子外。因爲怕有壞人進來，外面有很多很凶很大的狗。聽說以前有人曾經偷溜出去，差點被咬掉手，幸好及時被救了。總之很可怕，一定要好好地待在房間裡面。」

「沒錯沒錯。」安琪拉也嚴肅地點點頭，「老師有說過，晚上要早點睡覺才行。要是被發現沒有乖乖在房裡睡覺，海倫娜太太會不高興的。」

從女孩們的妳一言我一語當中，翡翠抓住了幾個要點。

慈善院不只設有防護魔法，晚上還有凶猛犬類巡邏，也不排除是像狗的其他魔物。人力上，除了兒童之家的職員、守門警衛，大人之家那邊還有不確定人數的工作人員。

從孩子們被嚴禁接近大人之家附近來看，那裡恐怕藏著什麼。

而安琪拉她們口中的海倫娜，在這裡應該地位滿高的，還有那個出來和沃克接洽的院長，這兩人看樣子得列爲重點人物。

「問問海倫娜太太和那個院長的事。」翡翠戳戳斯利斐爾腰側，被不客氣地一把拍掉小手。

「海倫娜和院長是怎樣的人？」斯利斐爾冷冷淡淡地開口。

「要稱呼她海倫娜太太才行啦。」貝蒂連忙糾正，但不太敢直視斯利斐爾的眼睛。她也說不上爲什麼，莫名就是有點怕他，「海倫娜太太是兒童之家最可怕的人，所有人都歸她管。」

「院長就不歸她管。」安琪拉搶著反駁，「院長才是最大的那個人，他是慈善院的主人耶。」

「就算院長是慈善院的主人，可是我上次就看到海倫娜太太在罵他，還很不客氣地叫他小布拉茨先生。」貝蒂爭辯，「妳看，都加了個『小』字，就表示院長沒那麼厲害啦。」

小布拉茨先生？翡翠挑挑眉，想必那位院長就是老布拉茨的兒子了吧。身為族長的兒子，卻還被職位比他低的海倫娜壓過氣勢，或許海倫娜聽命的是老布拉茨，才會不把小布拉茨放在眼裡。同時還有一種可能，這種狀況是老布拉茨默許的。換句話說，他兒子在他心裡的地位沒那麼高，才會讓手下膽敢隨意斥罵。

安琪拉爭不過貝蒂，噘著嘴，不想再討論下去。

貝蒂似乎也沒想到自己讓安琪拉不高興了，她撓撓臉頰，乾脆轉移話題。

「不曉得到時候我的新爸媽會是怎樣的人呢……安琪拉妳有想過嗎？」

「唔，沒有呢。萬一他們沒那麼喜歡我怎麼辦？啊啊，真不想離開這裡。」安琪拉長長地嘆了口氣，憂愁爬上她仍然稚嫩的臉蛋。

妳們很喜歡這裡嗎？翡翠在地上寫下這個問題。

安琪拉和貝蒂露出了大大的笑臉，異口同聲地說：

「當然喜歡！這裡太棒了，就像夢想之家一樣啊！」

扣掉被迫吃下含毒的果凍外，翡翠和斯利斐爾在慈善院的第一天，算是安然無事地度過了。

隨著夜色越發深沉，不知不覺已來到兒童之家規定的睡覺時間。

晚上九點半之前，所有孩子都會被趕回寢室，不准在走廊上遊蕩，被老師看見將會扣除隔天的一次點心。

兒童之家的點心一天發放兩次。

除了下午的那個果凍，第二次便是孩子們在熄燈回房前，會領到一杯熱牛奶配一片小餅乾，一樣得在餐廳吃完才行。

誰都不希望自己少吃一次好吃的，所以大家格外遵守規則。

翡翠他們當然也拿到了。

「這次裡面加了什麼？」翡翠直接在他們的私人頻道問話。

「讓人快速睡著的成分。」斯利斐爾回答。

「喔，那就沒事了。」翡翠動作俐落地解決完畢，再跟隨其他人一起回到三樓。

幾名老師站在走廊上盯著孩子們的動作，直到所有人進入各自的房間，才會關掉三樓的燈。

一進房間，翡翠就把自己扔在床上。

今天在兩個女孩的帶領下，他們在慈善院裡走了大半圈。剩下的一半是大人之家的範圍，小孩子不被允許接近。

變小藥水有十二小時的效果，從翡翠喝下到現在，起碼還要再兩個多小時才能恢復原狀。

躺著躺著，躺到睡意差點湧上之際，翡翠霍地想起世界意志發布的那個詭異任務。

用可愛征服敵人……用可愛……

翡翠瞬間清醒過來。

等等，要說他最可愛的時候，不就是還沒變回去的這段時間嗎？

所以他如果想成功觸發第一輪任務，就得把握變小狀態的這段時間了？

想到這裡，翡翠忙不迭跳起，「斯利斐爾、斯利斐爾，快幫我看外面有沒有人？我要用高級傳音蟲傳訊給瑞比他們，行動時間要提前了。」

斯利斐爾很快就回來了，帶回來的答案正是翡翠想要的。

外面沒有人，走廊一片幽暗，只有樓梯口留了一盞小燈。

翡翠鬆了口氣，馬上掀開背包，讓在裡面睡了大半天、如今正張著炯炯有神大眼睛的小精靈們出來。

「現在說話也沒問題了喔。」翡翠笑著接住最快撲上的瑪瑙。

瑪瑙還特別熟練地在翡翠臉頰上印了一個親親。

「呼，憋死珊瑚大人了……我很努力喔！我厲害吧！翠翠這時候要快點多多誇獎珊瑚大人才可以！」珊瑚伸伸手腳，順便扭扭腰，活動著筋骨。

「珊瑚很棒喔。」翡翠向來不吝惜稱讚自家小精靈。

「翠翠要準備做事了嗎？我準備好了。」珍珠將自己的一頭長髮打理得更整齊，再朝翡翠亮出她口中說的準備。

那是一本照著珍珠個子量身打造的迷你書，書名還是翡翠熟悉的，讓他一看清就感覺太陽穴在抽痛。

《瀕死的痛感與快感速成調教手冊》

「這本書妳不是看完了嗎？」翡翠揉揉額角。

「要溫故，才能知新呀，每看一次總有新體驗。」珍珠笑得恬靜溫雅，「翠翠現在要開始工作了嗎？」

「啊，對。」聽見珍珠又問一次，翡翠一拍額頭，「我先跟瑞比他們重新確認時間，然後我們就從窗戶溜下去。」

「嘿嘿嘿，好期待，我要用力地打爆壞人！」珊瑚摩拳擦掌，恨不得敵人趕快出現在她面前，「全部交給英勇的珊瑚大人吧！」

「再等一等，我忽然又想到一個問題……」翡翠不確定地問著斯利斐爾，「要是我半路變回來了，我身上的衣服會怎樣？」

「照常理來說，會被您撐破，然後您就得裸奔了。」斯利斐爾淡然地回答，「但由於精靈王的軀體尊貴不可侵犯，不容他人用目光褻瀆——」

翡翠眼神亮起，聽出事情還有轉機。

「在下可以瞬間……」

「變出一套新的衣服給我？」

「不，在下可以瞬間借用您的魔力，用魔法讓旁邊的人陷入剎那的暈眩，這樣您換衣服就不會有人看了。」

翡翠笑容垮下。不是吧，結果還是得裸嗎？

「……在下開玩笑的。」斯利斐爾面無表情地說，「在下會用您的魔力和在下自身的力量，瞬間變出一套新的在您身上。」

「你剛那模樣可不像在開玩笑……」翡翠嘀嘀咕咕地說，心裡則鬆口氣，總算可以逃過裸奔的命運了。

倏然間，房內四名精靈和一名眞神代理人都停下動作，不約而同看向門口方向。

外面有聲音傳來。

有人正在上樓，還不只一個人。

來人顯然早知道小孩們都喝了添加安眠藥劑的牛奶，因此腳步沒有特意壓低音量。

對方不會知道，自己的動靜已經被翡翠他們捕捉到了。

「有三人。」翡翠輕聲說，「斯利斐爾，幫我去看他們想做什麼。」

斯利斐爾周邊銀白光芒驟閃，小男孩消失，取而代之的是翡翠他們更熟悉的高大修長身影。

率先變回原樣的斯利斐爾出房門探望情況，不到片刻就折回來。

他帶來的不是什麼好消息。

「上樓的是兩男一女。今天帶您參觀的那兩位女孩，正被那兩名男人扛出房間，看樣子要帶下樓。」

他們想幹嘛？這是翡翠第一個冒出的念頭，可緊接著，他霍地回想起安琪拉曾說過的話。

「不用太久就會有新的爸爸媽媽帶我們去新的家，年紀大的會先被領養走，上回是喬莉和凱伊，可惜我們來不及跟他們道別。老師有說，領養人都是很早就來接人的。」

如果是來領養小孩，有必要讓人連和朋友見面道別的機會都不給嗎？

眼下外面正發生的情況，讓翡翠不由得心生一絲懷疑。

所謂的很早來接人，並不是眞的有哪個領養人一大早就特地前來。

安琪拉口中的那兩個孩子，恐怕就是在大家都陷入昏睡後，不知不覺被院內的工作人員帶走了。

心念電轉間，翡翠做了決定，「我們跟上去，動作快！」

翡翠邊跑還沒忘記拿出高級傳音蟲，先跟瑞比他們那方打過招呼，他們這邊會提前行動，屆時大門也可能會提前幫忙開啓。

沒等瑞比追問，翡翠掐斷通訊，他的一雙小短腿都還沒邁出到門口，就被人一把撈起來。

「在下帶著您相信會更快。」斯利斐爾沒特別解釋，但他看向翡翠的雙腿，再加上嘲諷的眼神，已充分說明了一切。

瑪瑙佔據了翡翠的領口，珍珠、珊瑚靈巧地跳上斯利斐爾的肩膀。一行人安靜快速地出了房間，很快就望見斯利斐爾提及的那三人正往樓下走。

女人走在最前端，另外兩個男人分別扛著失去意識的安琪拉和貝蒂。

精靈的感官極為敏銳，翡翠側耳傾聽，沒有察覺其他聲響。這表示屋子裡此刻還在活動的人，僅有他們雙方人馬。

斯利斐爾的行動完全寂靜，連丁點聲音都沒有發出來。他明明存在於此，卻又讓人覺得如同空氣，看不到、摸不著。

三名院內的工作人員壓根不會知道，他們正被人一路尾隨下樓。

屋子裡被闃靜包圍，男人們交談的聲音跟著被放大，翡翠他們輕而易舉就能聽清對方談話的內容。

「這小女孩比我想的還重啊……」扛著貝蒂的男人抱怨，「她是吃多少東西？」

「你也太沒用了吧。」他的同伴嘲笑，「才只是扛一個人，又不是叫你一次抱兩個。」

「你們想聊天無所謂，但最好不要拖慢行動。」走在前面的女人回頭警告，「海倫娜太太向來不喜歡等太久。」

翡翠眼尖地發現到，那人就是今天中午見過的女老師，要安琪拉她們多照顧自己的那一位。

海倫娜的名字一出現，讓兩個男人頓時噤聲，肩頭也忍不住瑟縮一下。

從這些小地方不難看出海倫娜在慈善院裡積威頗重。

扛人的男人來到一樓，女老師沒跟出門外，她只負責盯對方在屋內的行動。

現在他們要踏出兒童之家了，那接下來的事情也就與她無關。

女老師轉身走回自己的寢室。

她不知道有人正待在屋內的暗影處，然後在她分神的剎那，猶如鬼魅般與她擦身而過，走出了這幢白色的屋子。

第6章

淡銀色的月光從夜幕灑下，又被重重樹影遮擋，使得慈善院的大片土地仍舊一片幽深，幾乎伸手不見五指。

而在黑暗中，隱隱約約能聽見類似獸類的低低喘息聲，似乎還能看見藏在闇影中發著綠光的眼睛。

簡直像一簇簇不祥的鬼火。

「操！每次聽到這聲音，都讓我起雞皮疙瘩……眞怕牠們突然跑出來咬我一口。」扛著女孩的一個男人低罵一聲。

「你別手賤惹牠們就好。」另一人說道：「上次不知道是誰想摸牠們，差點被咬掉一隻手。」

「我那不是好奇嗎，還以爲牠睡著了，才想說……」那人心虛了幾分，趕緊轉移話題，「我們加快速度吧。」

「那也得等我吹完哨，不然還真的摸黑走過去嗎？」他的同事將掛在胸前的哨子放至嘴邊，吹出一記聲響。

被黑暗包圍的樹林中忽地傳出窸窣聲音，接著一條黑影竄了出來。

牠有半人高，乍看下是一頭強健的黑色大狗。可尋常的狗不會眼泛綠光，且牠背部長有一排尖刺，甚至垂下的尾巴也帶著細細小刺。

對魔物有幾分認識的人，都會立刻認出這是出沒於林中，有著愛吃腐肉習性的棘刺犬。

曾差點被咬掉手的男人對棘刺犬明顯還有心理陰影，一看見牠，反射性往後連退了幾步。

被人馴養的棘刺犬朝兩人低低吠了一聲，催促他們跟上自己，背上和尾巴的小刺驟然亮起紅光，在黑夜中異常醒目。

兩個男人趕忙扛著女孩，靠著棘刺犬的照明朝他們的目的地而去。

無論是他們，或是嗅覺敏銳的棘刺犬，都沒察覺到後方有人跟著。

當斯利斐爾抱著翡翠的時候，他本身的特殊能力也能覆蓋到對方身上，讓他們的存在感都被消除。

翡翠猜出那頭魔物就是安琪拉提過的可怕大狗，只是他沒想到魔物還能當成另類手電筒使用。

「那是棘刺犬，嗜吃腐肉，但也不排斥生肉。」斯利斐爾替翡翠說明，「牠們通常群居活動。」

翡翠明白斯利斐爾的意思——看到一頭就代表後面藏著一群，「能吃……算了，看上去就讓人毫無食欲。」

男人們加快腳下步伐，四周是樹影與夜色交融，偶爾會聽到棘刺犬的喘息。除此之外，其餘聲音彷彿都被黑暗吞噬，這讓他們不由自主地生起了說話的欲望。

「上次不是才賣了兩個嗎，怎麼那麼快又要再賣出去？」

「上面的人怎麼想，你管那麼多，反正我們好好做事就行了。不過說到真正值得賣的商品……」

「是那個吧，那個今天來的妖精族小孩。可惜太小了，不然再大一點，絕對能賣出天價呢！」

「蠢，有的人說不定就喜歡那麼小的。你忘了，前幾次那幾個小鬼也才幾歲，都沒滿十二吧。那些有錢人就喜歡玩沒發育過的小女生。」

「喂喂喂，你認眞的？那個妖精族的，看起來才五、六歲大吧！」

「我可沒騙你。我私下聽人說了，要不是那小孩是東城區那個教士送來的，之後可能又會回來看他，早立刻被當成頂級商品，放出消息賣給那些客人了。」

「啊，你說那個叫沃克的傢伙？他前陣子好像有來找誰……就那幾個帶回來的流浪漢嘛。雖然糊弄過去了，但海倫娜太太也說最好別再讓他起疑，免得引來教團的人。」

要不是謹記著翡翠的叮囑，坐在斯利斐爾肩上的珊瑚早就惡狠狠地丟出好幾顆大火球。她憋著一股怒火，雙頰都氣得漲紅了。

珍珠的手指動了動，最後放棄地輕吐一口氣。雖然她很想讓那兩個人類撞到結界跌倒，但這麼做可能會打亂翡翠的計畫。

瑪瑙靜靜盯住那兩人的背影，金澄的眼眸裡覆滿森冷，壓根沒有平日的稚氣天眞。

當事人翡翠反而沒太大反應，他緊擰起眉，爲的卻是那兩個男人透露的其他訊息。

所以那些以領養名義被帶走的孩子們……居然是被當成商品賣掉嗎？

由那些隻字片語，翡翠不用猜也能知道被賣掉的孩子會遭到何種不人道的對待。

更不用說他們還被餵了毒，輕易就能掌控在手中，絲毫不用擔心他們反抗掙扎。

眞的……令人超級火大啊。翡翠捏緊了拳頭，但還是按壓住內心竄上的怒意，保持冷靜地指示斯利斐爾繼續跟在男人後方。

他們前往的果然是大人之家。

還沒走近，就先看見一顆顆日核礦的光芒照亮了周圍，也讓前方景象無所遁形，映入了翡翠他們眼中。

那裡早已站著兩個人，還剛好都是翡翠見過的面孔。

一個是院長小布拉茨先生，一個是海倫娜太太。她手裡還握著一根法杖，直接表明了她魔法師的身分。

兩人的身邊還有幾頭棘刺犬蹲坐待命，宛如最忠實的守衛。

海倫娜低聲唸了一串咒語，周邊泛起一陣漣漪般的波動，配合埋在附近的魔導具，一個能隔絕此處大多聲音外傳的簡單結界隨即架設完畢。

如此一來，就算動靜大了些，也不會讓慈善院其他地方或院外聽見。

當兩名工作人員出現在視野內，棘刺犬即刻有了反應。牠們飛快從蹲姿改為站姿，喉頭發出威脅的低吼，目光銳利地鎖定住來人，似乎下一秒就會飛衝出去，撕咬上敵人的咽喉。

「安靜，坐下。」海倫娜開口，原先氣勢洶洶的棘刺犬登時又恢復溫馴。

託這地方栽種許多樹木的福，翡翠他們直接躍上其中一棵樹，利用粗碩的枝椏當作前進的路線，轉眼便神不知、鬼不覺地接近那片區域。他們藉由枝葉的遮蔽藏身，同時觀察底下的動靜。

海倫娜和小布拉茨站的地方不是泥土地或草地，赫然是由石頭砌成的平台。石板上畫著一個大型魔法陣，複雜的線條縱橫交錯。

「那是什麼？」翡翠用意識問。

「傳送法陣。」斯利斐爾一眼就能分析出來。

海倫娜不悅的視線掃過兩個男人，「你們太慢了。只是帶兩個小女生，也要花你們那麼多時間嗎？」

「兩個小女生？」率先嚷叫出來的是尚恩．小布拉茨，他猛地扭頭看向海倫娜，

「我們不是在等肥料嗎？怎麼會多了她們？」

「您的父親希望我們再送兩位過去。」海倫娜雖然對尚恩用的是敬語，可任誰都能聽出她語氣的不敬，「小布拉莰先生，您太大驚小怪了。」

「叫我尚恩先生，或是布拉莰先生！」尚恩鐵青著臉。

「對我而言，布拉莰先生只有您的父親。」海倫娜嗤笑一聲，朝侷促站在一旁的兩人揮揮手，「把那兩個孩子放下，然後你們就可以走了，你們今天的工作完成了。」

兩個男人頓時如釋重負，用最快速度放下安琪拉和貝蒂，拔腿就想跑離這裡。

其中一人停下，遲疑地問道：「海倫娜太太，我能拿一顆日核礦照路嗎？」

「挑最小的那個。」海倫娜冷冷地說。

兩人如獲大赦，急急忙忙就往另一個方向跑。

瑪瑙暗中朝珍珠使了一記眼色，後者會意，雪白的指尖立即微動一下。

一個看不見的方形結界出現在那兩人腳下，他們一時重心不穩，狼狽地往前撲跌，弄出了不小的動靜。

「你們在搞什麼鬼？別笨手笨腳的！」海倫娜不耐地厲聲喝道。

在無人看見的角落，微微的光點混入了日核礦發出的光芒中，再輕巧地飛進兩個男人手上或腳上的擦傷傷口。

瑪瑙當然不可能爲他們治療，他只是賦予他們惡化效果而已。

同樣待在樹上的翡翠毫無所覺，唯有斯利斐爾忽地側過頭，望了瑪瑙和珍珠一眼。

瑪瑙仰起頭，回了天眞的微笑，又對斯利斐爾比出一個「噓」的手勢。

意思很簡單——不能告訴翠翠喔，我是他最乖的瑪瑙嘛。

海倫娜懶得理會那兩道如同落荒而逃的身影，視線落至昏睡中的兩名女孩。

「他又要？他爲什麼又要！」尙恩焦慮地在原地轉著圈，「他上個月不是才要了兩個十二歲的女孩過去？他這詭異的癖好難道就不能改一改嗎？而且這兩個……她們滿十二歲了嗎？」

「不准這樣說您的父親，您該對他心存敬意。」海倫娜警告。

「我才是院長，是妳的上司！」尙恩像忍無可忍地爆發了，「妳才該對我心懷敬意！」

「我只聽從老布拉茨先生的命令。」海倫娜冷笑，「至於你？尙恩先生，我想你應該清楚自己的能力，否則你也不會只能負責管理這間慈善院。」

尚恩臉色青紅交錯，但又無法反駁海倫娜一針見血的話。他雖然身爲老布拉茨的兒子，卻不被看重，否則也不會被放在慈善院，每天管的淨是一些雞毛蒜皮的小事。

慈善院的所有決策，實際上是掌握在海倫娜手中。

尚恩無比惱火，卻也心知自己拿海倫娜毫無辦法。她讓這群棘刺犬優先聽從她的命令，而她本身還是個中階魔法師。

自己呢？別說魔法師了，身上連丁點魔力都沒有，魔法無異於是遙不可及的想像。

尚恩重重地彈了下舌頭，把怒氣發洩在另一批還沒趕到的人身上。

「負責運肥料的人在幹嘛？」他不悅地喊道：「他們是路上睡著了嗎？」

尚恩尖刻的批評才剛落下，不遠處就聽見一陣輪子運轉的骨碌聲。

似乎有人推著推車往這靠過來了。

「看樣子他們清醒得很，沒在路上睡著。」海倫娜嘲弄般彎彎嘴角，讓棘刺犬讓開一些。

翡翠瞇著眼，把下方景象看得一清二楚。

運著推車的兩人是從大人之家過來的，他們身上穿著白色長袍，看起來像是醫師袍或實驗袍那一類。

推車又大又笨重，但真正要用到兩名人力的原因在於——車裡堆著好幾個男人。

他們橫七豎八地堆疊在推車內，沒有任何動靜，明顯已失去意識。

翡翠瞳孔驟然凝縮。

那就是……肥料!?

大人之家裡住的是那些被收留的流浪漢，慈善院究竟想把他們當成……什麼東西的肥料？

「上面的人什麼時候會下來？我可不想在這裡站太久……」尚恩仰頭向上看，嘴裡嘟嘟囔囔地抱怨個不停。

海倫娜不理會他，只是自顧自地等待著。

翡翠訝異地看向斯利斐爾，「上面？他說的上面是我理解的意思嗎？天空之上？」

「沒見到明確的線索前，在下無法判斷。」斯利斐爾說。

「如果真的是天上，那不就代表天空裡有什麼，可以讓老布拉茨他們待在上頭？」

翡翠像是自問自答，驀地他眼睛一亮，「島嗎？天空之島？斯利斐爾，天空裡會有島的存在嗎？」

翡翠還以爲這個猜測或許是自己的異想天開，然而沒想到斯利斐爾居然點頭了。

翡翠差點脫口喊出聲，幸好及時嚥下聲音，這時候還不適合打草驚蛇。

「眞的假的？天空有島？」翡翠繼續用意識和斯利斐爾溝通，「太神奇了吧，該說不愧是奇幻世界嗎？」

斯利斐爾沒有立即回答，而是以一種奇異的眼神注視翡翠好一會，在後者懷疑是不是自己臉上開了一朵花之際，他終於回話。

「您的家鄉……不，嚴格來說是小精靈們的家鄉，就是在天空上。」

他剛聽見了什麼？

翡翠張著嘴，一臉目瞪口呆的表情。他抬頭看看被樹葉遮住大半的闃黑天幕，再看看自家的三名小精靈。

原來天空裡眞的有島，還是瑪瑙、珍珠和珊瑚的故鄉。

也就是精靈們的故鄉。

翡翠可以理解自己爲什麼不被算進去。他雖說是精靈王，但畢竟是臨時從另一個世界被抓來上任的，終究不是本土住民。

「天空有很多島嗎？還是只有精靈住的那座島？」翡翠忍不住好奇發問。在這世界當精靈好幾個月了，還是第一次聽見跟精靈家鄉有關的資訊。

「天空有不少浮島，精靈就住在其中一座上。」斯利斐爾難得有耐心地回話，也沒有夾雜任何冷嘲熱諷，「那些島被稱爲天空浮島，會以極爲緩慢的速度移動，因此您就算問在下屬於精靈族的島如今在何處，在下恐怕一時也無法回答您的問題。」

翡翠再次凝望著三名小精靈。他知道精靈一誕生便繼承了許多記憶，他不曉得瑪瑙他們還記不記得故鄉。

翡翠嘴唇微動，最後還是沒有提出疑問，但他猛地想起另一個至關重要的問題。

他們不能再繼續靜觀其變了。

倘若上面的人現身，眼下那些昏迷不醒的人，就會一律被傳送走。

「斯利斐爾，你有辦法直接從裡面破壞這裡的防護魔法嗎？」翡翠在腦海中戳著斯利斐爾。

「結界核心在上空，在下雖然能接近，但必須借用您的魔力才有辦法破壞。」斯利斐爾這話無疑是潑了冷水。

換言之，沒有翡翠這個魔力提供者在身邊，他就無法使用魔法，更別說解除慈善院所設下的防護結界了。

翡翠輕咂了下舌，心裡有絲急躁。他不能眼睜睜看著海倫娜他們把女孩和被稱爲肥料的男人們傳送到不明的地方，他得想辦法阻止對方的行動。

可同時，瑞比他們也在等著有人開啓大門。

爲什麼他偏偏就是分身乏術？要是可以有個分身，或是幫手……

幫手！那個不知失蹤到何處的縹碧！

「縹碧你到底到哪裡去了了了了！不是說快了嗎？快了就趕緊過來！」翡翠在內心猛烈呼喚，「聽到了沒有？要是你現在立刻馬上出現，我就會替你淋上大量草莓果醬，好好地把你吃掉！」

「聽起來我不應該出現才對。」一道清洌男聲冷不防在翡翠耳畔響起。

聲音來得太讓人猝不及防，饒是翡翠一直謹記著要保持靜默，也反射性被嚇得大叫一聲。

「誰！」海倫娜瞬間警覺地轉過頭，懾人的目光四處打量，但放眼望去皆是樹影幢幢，看不到聲音來源。

但海倫娜很篤定自己聽見了人聲，這表示這地方有他們以外的人。

「去把人給我找出來！」海倫娜一聲令下，圍守在周邊的棘刺犬即刻行動。牠們四處嗅聞，尋找可疑分子的蹤跡。

翡翠現在是眞的很想當場把縹碧當成花香果凍吃掉了。

他嚴厲地瞪向害他曝光的凶手，可視野內剛納入對方的身影時，所有指責都卡在了喉頭。

「等等，你……誰？」翡翠震驚地瞪圓眼。

不能怪翡翠會冒出這個疑問，實在是面前的人影跟他所知的縹碧相比，根本像換了不同型號。

還是眼覆著紅布，一頭長長的黑髮恣意披散，末端染著艷麗的赤紅，彷如火焰般隨時會燃燒起來。

但除了這幾個熟悉的特徵，對方完全脫離少年範疇，成為一個成年男人，就連身上的衣袍都華麗了數倍。

「你是去哪裡升級完畢嗎？」翡翠喃喃地說，「竟然連身高和肌肉都能升級，太過分了吧……」

「我變得更完美了。如何，滿意嗎？這時候你該給我無止盡的讚美，畢竟我可是偉大的大魔法師遺產。」縹碧勾起驕矜的笑意，目光同時饒富興致地盯住翡翠。

靠著雙方契約的連繫，即使翡翠外貌變小，頭髮也成為純白的色彩，他還是一眼就能認出來。

「你這模樣還挺可愛的，惹人生氣的程度好像也跟著降低不少。」縹碧伸手想捏捏翡翠因年幼而顯得圓潤的臉頰，但還沒碰到翡翠，就先被瑪瑙不客氣地拍掉。

「不准碰翠翠！」瑪瑙板著一張小臉，用氣聲警告著那名討厭的靈。

從縹碧第一次現身就討厭他了。瑪瑙永遠不會忘記，他居然想跟自己搶翠翠，還想陪翠翠吃飯說話睡覺……跟洗澡！

珊瑚雖然不曉得瑪瑙和縹碧間的過節，但身為小精靈同伴，就算瑪瑙老是欺負自己又愛演戲，當然還是要站在他那邊的。

「瑪瑙說的對，不准碰！不然珊瑚大人砰掉你喔！」珊瑚迅速雙手交握，兩根食指抵住，小小的火焰轉瞬在指尖前成形，恫嚇似地對著縹碧的方向。

不只海倫娜，就連她的同夥也聽見周圍的確有窸窣的細小說話聲傳來。

「誰在那邊？快出來！」尚恩疾言厲色地大吼。

「尚恩先生，聲音是從那邊來的。您想放狠話，也該對那邊放。」海倫娜按住尚恩的肩膀，將他的身子轉向翡翠他們藏身的方向。

尚恩漲紅一張臉，但又只能憋著不滿，滿是怒意的目光只好朝著前方的陰影和樹叢中用力瞪視，彷彿這樣做就能把人瞪出來。

「縹碧，你能解除這地方的防護魔法嗎？」翡翠主動抓住縹碧的手，「不行的話，就去替我把這地方的大門打開，帶黑薔薇他們趕緊過來這裡。」

縹碧環視四周一圈，視線凝視著上方，嘴角勾起一抹輕蔑的弧度，「這種簡單的小東西連我進來都擋不住，何況是直接破除。就讓你見識見識我的完美吧，我的主人。」

「拜託別叫我主人。」翡翠對這兩個字簡直快要有陰影，都是託斯利斐爾的福。每次對方一喊出這個尊稱，實際上都在喊他「智障」或「白痴」。

縹碧就像是急欲在人前炫耀的孩子，他輕盈地竄上天空，但沒在海倫娜等人面前顯露身形。

海倫娜他們壓根不會知道空中有一道黑髮白袍的人影正高速詠唱出咒語，艱澀的字句在他舌尖上卻是成串流暢地湧出。

就算翡翠聽力靈敏，也幾乎跟不上縹碧唸咒的速度，他不由得懷疑對方的舌頭到底是什麼構造。

隨著防護法陣的消除，待在地面上的海倫娜和兩名職員也霍地震驚仰起頭。

他們三人皆是魔法師，自然能察覺到上方的異狀。

「怎麼了？上面有什麼東西？」唯獨毫無魔力的尚恩全然不知發生何事。

「防護魔法被破壞了……」海倫娜臉色難看至極。

「什麼!?」尚恩驚愕地東張西望，但他什麼也看不見、感受不到，只能氣急敗壞地對另外三人罵道：「那你們還傻著不動做什麼？還不快點把法陣重新補起來！」

對於一個連魔法基礎都不了解的沒用上司，海倫娜絲毫不想理會。

「院長，這不可能短時間弄好的……」一名職員怯怯開口，「這得要好幾個魔法師同時施法，花上一陣子才有辦法重新展開法陣。」

海倫娜拿出口哨，吹了一聲尖長的音響。

翡翠他們可以捕捉到更多生物活動的聲音和犬吠聲，是潛伏於其他地方的棘刺犬正往這方向聚集過來了。

緊接著就在下一剎那，原先毫無反應的大型魔法陣倏然亮起，瑩白的光輝在黑夜中如此醒目。

白光一閃即逝。

等到光芒退散，傳送法陣中多出了一道身影。那人披著白袍，白袍底下是一套灰色的衣物。

翡翠睜大眼，他認得那套衣物，那是榮光會的制服！

那傢伙……居然是榮光會的人！

翡翠靈光一閃，忽然想明白黑薔薇爲什麼當時會感應不到目標的記號了。

是這個傳送法陣造成的。

那三個目標，就是利用傳送法陣瞬間從慈善院裡面消失。

雖說眼下無法判定那人是不是黑薔薇的獵物，但榮光會和慈善院之間早有往來，已是明擺在檯面上的事實。

「縹碧，快去幫我帶黑薔薇他們過來。要是找不到人，用這個聯絡。」翡翠飛快將高級傳音蟲扔給縹碧。

「別小看我了，我能輕易找到他們的。」縹碧把通訊道具又丟回給翡翠，一眨眼，身影消失在夜空之下。

有縹碧去找黑薔薇等人，這讓翡翠能暫無後顧之憂。

接下來，就換他設法拖延底下這群人了，絕不能讓他們有機會再次啓動傳送法陣！

從傳送法陣中平空出現的男人體型削瘦，頭髮凌亂，加上那身白袍，給人的感覺就是不修邊幅的研究人員。

他一站在慈善院裡，立刻皺眉看著周遭景象，表情有絲不悅，「你們在幹嘛？爲什麼還不把肥料跟小鳥搬進法陣？別跟我說肥料出差錯，昨天我們明明才下來做最後確認的……真是的，你們不要拖拖拉拉的浪費我時間，我還得趕緊回去上面做研究！海倫娜太太，我以爲妳一向很有效率的。」

很顯然，這人口中的「小鳥」指的便是昏睡的兩名小女孩。

「亞伯特先生，臨時出了點問題。」海倫娜臉色也不太好看，「有不明人士入侵，就在這裡，對方還破壞了我們的防護法陣。」

亞伯特倒吸一口氣，更加急躁地催促，「動作快，先把肥料和小鳥搬上來！先把東西都帶上去，入侵者你們再自己負責解決！」

海倫娜不喜歡對方這種理所當然的語氣，但也認同對方的說法。貨物得盡快送出去，留在這裡反倒會對他們的行動礙手礙腳。

最糟的是，假如入侵者與羅謝教團有關，那麼那些貨物都可能成爲證據，他們慈善院將面臨天大的麻煩。

海倫娜馬上吩咐兩個手下，要他們快點把推車裡的人搬上石台。

翡翠當然不能讓這種事發生，他將三個小精靈交給斯利斐爾照顧，深吸一口氣，二話不說地從藏身的樹上躍下，主動暴露自己的行蹤。

「誰！誰！」無預警自樹上竄下的影子嚇了尙恩一跳，他慘白著臉色驚叫。可等他定睛一看，赫然發現對方竟是一個小小孩，身高甚至只到他的腰間。

尙恩頓時覺得好笑，一個小鬼能做什麼？

海倫娜與自己遲鈍的上司不同，她不但不認爲好笑，還大大提高了警覺。

她認得這個眉眼精緻的白髮小男孩，是今天才由東城區教士送來的孩子。

照理說，兒童之家的小孩都喝了安眠牛奶，不該在這時候醒過來。然而這孩子不僅清醒，居然還有辦法瞞過他們的耳目，一直潛伏在附近。

這一切，難道是羅謝教團特意布的局？

她就知道，那個沃克遲早會爲他們慈善院帶來麻煩！

「你不是普通的小孩，你是什麼人！」海倫娜舉高自己的法杖，也不等翡翠回答，即刻唸出一串咒語，「冰系第一級中階魔法——寂靜冰霧！」

大片冰霧凶猛襲向翡翠，竟是要直接收割翡翠的生命，不留任何餘地。

翡翠體型變小，敏捷度可沒變。他像條短小又疾快的閃電，一晃眼就繞過冰霧的攻擊範圍，雙生杖被他抽出，迅速長成適合他的尺寸。

「海倫娜，妳在幹嘛？那只是一個小孩子！」尚恩不敢相信地大叫，「妳這是想殺了他嗎？」

「小布拉茨先生，閉嘴然後滾到一邊去，別礙我的事！」海倫娜受夠尚恩的指手畫腳了，「你有多餘的力氣，爲什麼不去幫忙搬肥料跟小鳥？」

「但他……他只是一個那麼小的孩子！」尚恩固執地不肯移動。

海倫娜不屑地冷笑一聲，「這時候你就想到他是孩子了嗎？你每次送上去的小鳥哪個不是孩子？更不用說你賣掉的那些也是孩子吧，你的同情心未免也太晚才出現了。」

尚恩扭曲的表情就像被人狠狠揍了一拳。

「快點把他們搬進法陣，動作快點！」亞伯特一點也不想蹚這渾水，他只想趕快做完自己的工作，然後回到上面。

眼看兩個職員動作不夠快，他乾脆也加入搬人的行列。但他似乎平時沒什麼在動，連拖個小女孩到法陣中央都能讓他氣喘吁吁，走幾步就得停下來喘氣。

海倫娜不打算留下翡翠的命，因爲只有死人才不會洩露祕密。

原本她還想把這名妖精幼童多留一陣子，養大一點，就能成爲令許多大客戶爲之瘋狂的珍貴商品。

但既然可能是教團派來的人，那就絕不能留了。

那個東城區教士再來問的話，就隨意編個他自己逃出去，下落不明的理由吧，總比讓他把今天看到的一切說出去來得好。

「咬死他！」海倫娜高聲命令著身邊的棘刺犬。

魔物早就蠢蠢欲動，一聽見命令，迅雷不及掩耳地邁動四肢，飛撲向那個幼小、似乎很好撕成碎片的脆弱獵物。

「誰都不准……欺負翠翠！」怒氣沖沖的叫喊聲像道驚雷劈下，同時多顆熾烈的火球從高空飛射出來，凶悍地砸向了棘刺犬。

劇烈的火光和高溫讓棘刺犬發出畏怕的叫聲，身子也反射性朝後退。

海倫娜等人臉色不禁大變。

尚恩更是嚇得慘白著臉，迅速躲到一邊去，深怕被捲入險境。

海倫娜瞥見尚恩的舉動，暗罵一聲扶不上牆的爛泥，怪不得只能在這地方混個院長的位子。

砸落地的火球轉眼熄滅，沒有在草地上燃出火花。

翡翠抓緊海倫娜等人被分散注意力的時刻，身手矯健地竄到了亞伯特身側。那個榮光會的成員還在設法把昏睡的女孩拖進傳送法陣中，全然沒發現有道矮小人影已經逼近。

翡翠高舉法杖，對著亞伯特的後腦就是一記猛烈敲擊。

亞伯特眼一翻，整個人往前栽倒，重重撞上了石板地面。

「該死，先別管肥料了！抓住那小鬼！」海倫娜這下也顧不得傳送貨物了，連忙指揮兩個魔法師職員加入戰鬥行列。

其中一個離翡翠最近，他直接想撲過去將人擒抱住，可沒想到對方比水裡的魚還要滑溜，令他撲了個空，還摔了一跤。

另一人忙不迭拿出法杖，一手從懷中抽出個草人，出其不意地扔向翡翠的影子，隨即張口吟誦咒文，想束縛翡翠的行動，「暗系第一級初階魔法——縛影術！」

只不過草人卻沒有成功落在翡翠的影子上，一道泛著月白光輝的障壁擋住了那職員的偷襲。

海倫娜心中又是一驚。是剛使出炎系魔法的那人阻礙的嗎？還是又有新的幫手？

翡翠趁機再衝向海倫娜，他看得出來全場就屬她最棘手，只要成功壓制，就能爲這場戰鬥快速劃下句點。

海倫娜沒想到這名妖精小孩速度能那麼快，在夜色下簡直像條來去無阻的鬼魅。眼看彼此間的距離短到甚至讓她來不及唸完一串咒文，她咬咬牙，抽出價格昂貴的字符。不需複雜的鋪綴字句，她只要喊出法術名稱就好。

「冰系第二級初階魔法——絕冰霰彈！」

大量冰珠眨眼自夜空噴發出來，每一顆都剔透無瑕，在日核礦光芒的輝映下，顯得閃閃發亮，宛如天空中的星星跌墜下來。

但就在下一秒，這美麗的景象便展現它強悍的破壞力。

所有冰珠如同霰彈般朝翡翠的方向而去，即便他速度再快，一時也難以逃脫魔法的攻擊範圍。

但出乎海倫娜的意料，散發朦朧白光的屏障再次出現，快得簡直像抓準了時間差，讓她忍不住懷疑對方根本連唸咒也沒有。

但這種事是不可能發生的，沒有哪個魔法師不用吟誦就能使出魔法。最多是唸咒速度快得超乎常人，或者是像她一樣……使用了字符！

白光將冰珠盡數擋下，讓翡翠得以毫髮無傷。

幹得太好了，珍珠！翡翠在心裡猛誇自己的小精靈，他原本想一口氣再衝向海倫娜，給她來個重重一擊。但另外兩個魔法師已從慌亂中回過神來，他們揮舞著法杖，分別唸出了風系和土系的初階咒語。

由氣流匯集的刀刃和隆起的土牆同時包夾向翡翠，前者令他閃避不及，在臉頰和手臂上留下了怵目的血痕。

「翠翠！」瑪瑙急得想從斯利斐爾懷中跳下，卻被緊緊扣住。

「你會讓他分心。」斯利斐爾平淡地指出事實。

瑪瑙也明白斯利斐爾說的是事實，他強按下迫切的心情，雙手交握併攏，螢白色的光點從他身前冒出，快速朝著翡翠飄去。

珊瑚也被惹火了，「居然敢在珊瑚大人面前傷害翠翠，我要砰砰砰地燒光你們！」

「不行，這裡樹太多，妳生氣就容易控制不好，然後可能會把翠翠也燒掉。」珍珠制止了珊瑚，「妳只能用小範圍一點的火焰。」

小範圍、小範圍……珊瑚絞盡腦汁，最後雙手高舉，召喚出一個半人大小的火炎球，猛力投擲向那個想用風系魔法暗算翡翠的男人。

慘叫聲登時響起，全身著火的男人在地上瘋狂打滾。還是他的同事急忙用大量泥土覆蓋上他的身體，才總算一舉撲滅了烈火。

但那人也已嚴重燒傷，虛弱地躺在地上，再也成不了戰力。

珊瑚協助攻擊，不時驅散棘刺犬。

珍珠負責防護，擋下海倫娜和另一個職員的魔法。

如果翡翠不小心受傷了，馬上會有瑪瑙的治癒魔法趕到，爲他撫平傷口。

有三名小精靈當後援，翡翠行動起來如魚得水。

眼看勝利在望，可就在此刻，被召喚的其餘棘刺犬也趕到了。

牠們的數量比原先待在這裡的還要多上數倍，且外形也有些不同。牠們背上和尾巴的刺更加粗大尖銳，就連爪子也壯大了整整一倍，似乎只要隨意撕撓，就能將獵物開膛剖肚。

不僅如此，牠們身上也不是屬於犬類該有的皮毛，赫然近似於鱗甲狀，這讓牠們的外觀看起來格外駭人。

斯利斐爾眼神凍上寒霜，在意識裡和翡翠傳話，「那些不是棘刺犬，是奇美拉。」

「什麼？又是奇美拉？」翡翠一驚，反射性扭頭往斯利斐爾望去。

就這一眼，無意中暴露了斯利斐爾他們的位置。

海倫娜沒錯過這個破綻，她拿起哨笛吹了幾個急促的音節。經過改造的棘刺犬齊齊發出低吼，當下分成兩支隊伍，一組圍攻翡翠，一組疾奔向疑似翡翠同伴的藏身處。

「混蛋！」翡翠罵了聲髒話，一見到斯利斐爾他們受到圍擊，不禁心急如焚。瑞比留給他的字條終究在他心中塗抹上一層濃厚的陰影，怎樣也揮之不去。

你們當中，會有人死去。

不准、不准，絕對不允許！

瑪瑙、珍珠、珊瑚……我一定會保護好你們，絕不讓你們受到丁點傷害！

怒意和焦灼燃燒成一股沸騰的情緒，翡翠只覺腦中有無數符文交錯環繞，自動拼組出一個完整的風系魔法公式。

法術名稱下一瞬幾乎就要滑出他的舌尖。

電光石火間，兩道人影猝然闖進了戰圈。

其中一人握緊拳頭，不假思索地往地面猛力一砸。

「轟」的一聲，強勁的衝擊力道朝四面八方炸開，就連草地也被擊出蛛網般的驚人裂痕。

無論是海倫娜和她的手下，或是躲到一旁的尙恩，還有那些棘刺犬們，全都無法逃避地遭到了波及。

意料不到的變故震懾住所有人。

乍見危機解除，理智迅速冷卻了翡翠的怒火，他瞪大眼，驚訝地看向來者。

「瑞比、珂妮！」

第7章

突然闖入的人是披著白色大氅的金髮少女和穿著兔耳外套的橘髮少年。

而揮出拳頭砸向地面的人，赫然是體型嬌小纖細的少女——誰也沒想到那瘦弱的拳頭可以擊出如此恐怖的力量。

緊接在珂妮第一波攻擊之後的，是瑞比不留情的兩槍。

子彈精準貫穿了想要爬走的尚恩，換來他淒慘的大叫。

「喂喂，別想趁亂逃跑啊。」爲了不要把人炸掉，瑞比這次用的不是會爆炸的炎屬性，而是蘊含冰屬性魔法的魔紋彈，「教團辦案，你們可一個都別想逃。」

在打穿尚恩兩條大腿的同時，寒冰也迅速從傷口向外擴散，立時凍住他的下半身，讓他只能狼狽地朝前栽倒。

瑞比的第二次瞄準是對著踉蹌爬起的職員，槍聲瞬響，隨後迎來的是第二道慘叫。

「要控制不打他們的腦袋還眞難，眞是難爲我了。」瑞比吹散槍口的硝煙。

「瑞比前輩，可以請你這時候不要忙著耍帥嗎？魔物都還沒解決啊！」珂妮不滿地喊，拳頭又一次握得緊緊，這次是一拳砸向了朝她咬來的棘刺犬。

經過人爲實驗改造的變異棘刺犬體表堅硬，然而在珂妮的拳頭之下，竟然支撐不了太久，鱗甲不到片刻就被砸到迸裂。

目睹這場景的翡翠忍不住張大著嘴，他眞沒想到珂妮看起來是個嬌弱的美少女，藏在體內的力量竟然如此不凡。

「斯利斐爾，她也太猛了吧……」

「您的腦子又丟了？」斯利斐爾的冷嘲熱諷傳進翡翠腦海，「她是地兔族，地兔族只要雙腳接觸到泥土地，就能短暫地擁有怪力。」

「啊，怪不得。」翡翠恍然大悟，隱約中確實有這段記憶，「等等，瑞比你們都來了，那黑薔薇他們呢？怎麼還沒看到他們？」

「如果你說的是那兩個黑白的！」瑞比頭也不回地喊了一聲，「他們比較慢，你的契約者在幫他們帶路！」

「因爲我和瑞比前輩是兔子嘛，兔子總是跑得比較快。」珂妮靦腆一笑，但出手的威力沒有因此減弱。

海倫娜沒有漏聽瑞比嚷的「教團」兩字，她心頭重重一跳，最不想碰上的事仍是發生了。

打從一開始，那個妖精族小鬼果然就是教團特意埋入的眼線。

這一切都是教團做的局！

海倫娜咬咬牙，心知慈善院私下做的事絕不能被揭露，但眼下局面已難控制……

亞伯特和她的兩個手下不是沒了意識就是沒了氣力，唯一還有餘力在那大叫的……

海倫娜瞄向雙腿被凍住的尚恩，眼裡閃過一絲鄙夷，心中則毫不猶豫地要讓他成爲頂罪之人。

至於自己，她可以先利用傳送法陣逃到上面。她知道的事情太多，絕不能被教團的人抓住。

還有那群棘刺犬……有明顯改造痕跡的那一批也得設法帶回去。

隨著海倫娜的視線落在傳送法陣上，同時一道男聲平空浮現。

「構造看起來還不錯的傳送法陣，規模也不算小……以品質來說，勉強可以列爲中上了吧。」

海倫娜背後竄過悚然，她壓根沒發現有人接近自己，還是在那麼近的距離！她急急轉身，撞入她眼中的是個飄浮在空中的黑髮男人。對方的髮梢末端猶如纏上烈火，呈現艷麗的緋紅。

但眞正讓海倫娜面露愕色的，還是對方那具半透明的身軀，「亡靈!?」

「我可不喜歡被人用『亡靈』稱呼。」縹碧微垂著頭，明明他的雙眼被紅布條覆住，卻讓人有種他正高高在上俯視人的感覺。

海倫娜覺得自己就像被蔑視的螻蟻，怒從心中起，張嘴就打算高唱出能夠驅除亡靈的光系魔法。

可她嘴巴才一張開，就駭然發現自己的聲音在空氣中化爲烏有。

「太慢了。」縹碧輕飄飄地落下，對著海倫娜露出惡意的微笑，「我都唸完一個消音魔法了。唸咒這麼慢，還想學人家當魔法師，回去從頭學起吧。」

海倫娜簡直像被當面搧了無形的一巴掌。但當她恢復聲音，想再更疾速地喃唸咒文時，那該死的亡靈卻又閃身不見，再現身時已在那名妖精族小孩身旁。

一瞧見縹碧，翡翠下意識尋找起另外兩道人影，果然就在不遠處看到了一黑一白的兩名少年。

黑薔薇與白薔薇雖然慢了瑞比二人一些，但也總算趕到現場。

「找到了。」黑薔薇睜大眼，握著白薔薇的手指力道驀然加重。

毋須更多說明，白薔薇立刻明白黑薔薇的言下之意。

瓦倫蒂亞沙漠被打上記號的目標，找到了！

白薔薇掃視一圈，鎖定昏迷在地的亞伯特，對方白袍下露出的灰色制服便是榮光會成員身分的最好證據。

看著前仆後繼想撕碎翡翠等人的魔物群，黑薔薇快速拊在白薔薇耳畔說話。

「翡翠，黑薔薇說他可以爲你爭取幾分鐘的時間！」白薔薇拉高音量轉答，「就麻煩你們爭氣一點了，別浪費黑薔薇的好意！」

不等翡翠幾人會意過來，登時就見夜色中無數微光閃爍，細微的聲響撕裂了空氣。

假使不是翡翠眼力夠好，可能都來不及捕捉到那些微光的眞面目。

那是細如髮絲的銀線。

大量銀線隨著黑薔薇的雙手舞動，像是萬千流星，一口氣飛竄向所有棘刺犬。

原先凶戾的魔物這瞬間像被按下暫停鍵，一隻隻突然靜止不動。

藉著日核礦光輝的反射，海倫娜他們總算發現到剝奪棘刺犬行動的凶手是何物。

那些細到幾不可察的絲線縱橫交錯，彷如在空中交織成一片大網，棘刺犬則是被困在網中的獵物。

而那些細線的源頭，通通來自於那名身著白衣的黑髮少年。

「你是……操偶師！」海倫娜愕然地看向黑薔薇。

「原來是這個爭取時間。」翡翠扯開美麗又凶悍的笑容，猶如一朵盛綻卻危險的毒花。雙生杖在他手中轉換形態，從法杖化成兩柄長刀。

翡翠飛速衝出，刀光冽冽，疾如雷電。

珂妮沒有使用任何武器，直接重拳出擊。

瑞比換上新的魔紋彈，猛烈的爆炸一次次炸開。

棘刺犬即使想要反抗也受制於那些絲線的操控，最終只能一隻隻倒下。

「區區的操偶師……」發現自己的棘刺犬已然陷入頹勢，海倫娜咬牙切齒，把怒意和殺氣全都集中在破壞她計畫的黑薔薇身上。她抽出一張新字符，決定要讓對方嘗受比死還恐怖的痛苦，「炎系第一級中階魔法——」

然而她甚至來不及把法術名稱唸完，一記白皙拳頭已搶先一步轟上她的臉頰，毫不留情地把她的話語打成破碎，還打歪了她的鼻子。

海倫娜尚沒反應過來發生什麼事，疼痛已在她的面孔上炸開，讓她的五官扭曲成猙獰的模樣，口腔內傳來了血腥味。

海倫娜的雙眼幾乎瞪凸了，在她沒發覺到的時候，白薔薇竟神不知、鬼不覺地欺近她的身邊，給她帶來措手不及的一擊。

白薔薇甩甩手，一副恬靜優雅的模樣，一點也看不出剛才做出了如此粗暴的舉動。他對海倫娜笑了笑，不知從哪抽出一條結實的繩子，將她整個人捆綁得緊緊的，雙手雙腳都被扭到背後，連掙扎的縫隙都沒有。

最後白薔薇勉爲其難地拿出了自己的手帕，塞進海倫娜的嘴裡，也沒忘記在她嘴外多綁上一條繩子，讓她連想吐出手帕都做不到，只能嗚嗚嗚地發出屈辱的音節。

見危機差不多解除了，翡翠鬆口氣，在腦中呼喚眞神代理人，「斯利斐爾，你們也可以出來了。」

棲身在樹上的銀髮男人無視三名小精靈的抗議，將他們先塞進包包內，這才俐落下樹。

海倫娜和尚恩驟然見到斯利斐爾，不禁震愕地瞪大眼。

他們還記得今天中午接回來的兩個小孩中，一個就是銀髮紅眼，與此刻出現的男人赫然有著同樣的特徵。

結合眼下情況，海倫娜他們說什麼也不相信這只是單純的巧合。

那個男人肯定是用了某種方式改變外表年齡，難不成另一個妖精族小孩也是？

但無論他們內心有什麼想法，翡翠也不會給他們任何答案。

「白薔薇，另外兩個也麻煩你了。」翡翠將變回原樣的雙生杖往腰間一塞，伸出短短的手指，點了點兩個慈善院的職員，「他們也是魔法師，預防萬一。」

白薔薇從善如流地點點頭，就算那兩個男人看上去全然失去了抵抗能力，他還是一併封住了他們的嘴。讓魔法師順利唸咒，那可是很麻煩的。

「那位也要嗎？」白薔薇目光轉到不起眼的角落，那邊躺著還在無力呻吟的男人。

被注意到的尚恩面露驚恐，他試圖降低自己的存在感，緊閉著嘴不敢再開口。

「交給我吧。」珂妮小跑步上前，單手將雙腳還被冰凍住的尚恩提了過來，一把扔到石頭平台上。

「他倒不用。」翡翠跟著把目光挪向尚恩，他記得對方並沒有半點魔力，倒是不用擔心對方冷不防來一個法術攻擊，「尚恩．布拉茨先生……對吧。」

即使面前的妖精族幼童笑得天真無害，尚恩也不會忘記方才看到的那一幕。他親眼目睹對方憑靠著矯健的身手，輕鬆將那些棘刺犬和亞伯特擊倒。

「可以跟我們說說肥料和小鳥的事嗎？還有你的父親，老布拉茨先生。」翡翠蹲在尚恩面前，嗓音稚嫩，語氣卻是不容反駁，「我對你們做的奇美拉實驗也很好奇。」

「你們也在和榮光會做一樣的事。」白薔薇從翡翠的三言兩語推敲出更多資訊，「不，或者該說，是榮光會在協助你們。但如果在慈善院做奇美拉實驗，風聲肯定會走漏的，這裡可不像瓦倫蒂亞黑市。」

「傳送法陣是不錯。」縹碧慢悠悠地踩上平台上的線條，「既不會被發現，又能掩人耳目……這是誰留下來的？反正怎麼看也不像你們幾個蠢東西能夠辦到的。」

被稱為「蠢東西」的海倫娜只覺目眥欲裂，如果她能重獲自由，一定會把那名出言不遜的亡靈撕爛，她今天從對方那張嘴巴裡受到的侮辱已經太多了。

「說的對！那才不是海倫娜他們能畫出的魔法陣！」縹碧對海倫娜的輕視讓尚恩浮上了大快人心的感受，他喘著氣，在狼狽至極的狀況下咧出暢快的笑容，「那是本來就在這的，在慈善院蓋起之前就存在於這個地方……沒人知道是誰留下，直到後來被我老頭……對，就是沙魯曼市民眼中的大善人，羅傑．布拉茨發現！」

海倫娜的反應驟然加大，但她在嘴被封住的情況下，也只能發出憤怒的含糊音節。她惡狠狠地瞪著尚恩，像在威嚇他絕不准說出那些被隱瞞的祕密。

也許是海倫娜眼神太駭人，尚恩一時像被震住，來到嘴邊的話突地又生生卡住。

「沒聽到他說的嗎？把你知道的東西都說出來。」瑞比漫不經心地轉動著手中的槍枝，嘴角噙著笑，可睨向尚恩的一雙藍眼睛像淬了寒冰。

下一秒，無預警的槍聲炸開。

子彈打中了尚恩旁邊的地面，一個染著焦黑的凹坑立刻映入他的眼裡。

看著那個嚇人的坑洞，還有雙腿正不斷傳來的椎心之痛，尚恩打了個哆嗦，本來卡住的話語頓時全抖了出來。

「我說……我什麼都說！」

當尚恩這麼大叫的時候，珂妮拿出了高級映畫石，將接下來的場景都記錄下來。

「那個老頭子，你們眼中的大慈善家老布拉茨先生，他收留流浪漢和孤兒，只是爲了把他們當成實驗肥料和商品轉賣！明面上說是找到人領養了小孩，其實他們不是被賣給愛玩小孩的有錢人，就是賣去當雛妓，或是當奴隸了！爲了不讓他們反抗，他們還被餵了紫鈴蘭！」

「至於流浪漢，就是肥料的命了……你們知道肥料是幹嘛用的嗎？就是爲了奇美拉實驗用的！他們把那些人餵給奇美拉，沒用到的部分就埋入實驗基地的土裡，他們相信改變環境也是實驗重要的一環。他們想學榮光會弄出更驚人的成果出來，但卻學了個四不像！」

「呵呵，他們以爲我什麼都不懂……我可是看得比他們明白多了，榮光會擺明就是不想將核心的技術部分教給老頭！」

尚恩喋喋不休地說著，在海倫娜恨不得將他生吞活剝的惡毒瞪視下，反倒令他生起發洩跟報復的快感。

「直到前陣子，有幾個榮光會的研究人員逃來這裡尋求庇護，他們提供了老頭一直想要卻不知該如何著手的技術資料。他們這次那麼快就要再送一批肥料過去，我猜是實驗終於有了什麼新突破。」

身爲神厄的一員，饒是見識過各種黑暗，但在聽見由尚恩口中吐露的醜惡眞相時，瑞比和珂妮還是忍不住露出憎惡的臉色。

尤其在聽見小孩們還被餵了紫鈴蘭後，瑞比更是爆出一聲髒話，那可是一種會讓人成癮的毒藥。

「眞神不會允許你們做出這種違背天理的事，你們將受到懲戒。」珂妮沒了甜美的笑容，氣質也陡然一變，如同出鞘的冰冽刀刃。

珂妮上前之前，瑞比一把揪住了她的後領，把她扯回來，「妳一拳打下去，證人就眞的沒了。去通知第三武裝教士團，叫他們可以準備過來了。」

如果說神厄是羅謝教團檯面下最鋒利的一把刀，那麼武裝教士團，就是他們檯面上的武力象徵了。

瑞比一向不喜和武裝教士團打交道，他們雙方的關係也沒多和睦。

神厄和武裝教士團大概就是彼此互看不起，一邊認爲對方不過是溫室的花朵，一邊認爲對方是陰溝裡的老鼠。

不過即使雙方關係再差，碰到需眾多人手才能解決的事，神厄還是會通知武裝教士團一聲。

況且這次還有珂妮在，不用瑞比自己多花唇舌，也大大避免了他和人一言不合就開槍的爭執發生。

昨天下午瑞比就是拉著珂妮先過去，由她負責出面和駐紮在附近的第三武裝教士團說明，請他們做好出動的準備。

珂妮也知道自己的腦袋得冷靜一下，她輕吐出一口氣，乾脆把昏倒在平台或草地上的人都搬移到同一處聚集起來，再分成受害者和犯人兩方。

「沙魯曼的政府都沒有任何懷疑嗎？」白薔薇一問出口，自己也有了答案。

尚恩諷刺地扯扯嘴角，「別說是沙魯曼的政府了，沙魯曼的人見到妨礙市容的東西消失，哪個不開心？哪個不對羅傑．布拉茨做的事歌功頌德？在他們眼中，那些流浪漢跟孤兒不過就是要被清掃的東西。」

海倫娜的面色至此已整個灰敗，眼裡的憤恨光芒也消散大半。

尚恩把所有不該說的都抖得一乾二淨，又有教團的人拿著高級映畫石存下影像和聲音作證，之後第三武裝教士團又將親臨慈善院……

大勢已去，一切都無法再挽回了。

「最後一個問題。」翡翠站起身，「慈善院的實驗基地在哪裡？」

「在上面……」尚恩嘶聲地說，「在天空的小島上……」

天空？這意想不到的答案讓眾人吃了一驚。

「聽你在胡扯。」瑞比只覺匪夷所思，立刻把槍再對著尚恩，「再給你一次機會，最好老實交代。」

「那是老頭在發現這個傳送法陣後，又透過這法陣找到的地方，我只去過幾次。」

尚恩仰高了頭，語氣微顫中又帶著一絲嚮往，「我們都叫它……」

浮空之島。

確定從尚恩．布拉茨的嘴裡挖不出更多情報後，翡翠不客氣地一杖打暈了他。

金髮中年人的腦袋磕上了石板，新增了傷口。

縹碧半透明的雙腳毫不客氣地踩過那顆腦袋，繼續慢條斯理地巡視著石台上令人眼花繚亂的法陣線條。

認真盯了好一會，縹碧覺得他要收回先前的話，這可不是中上程度的作品而已。這比中上還更好。

越仔細端詳，才能越發理解這個傳送法陣的美妙之處。

它的每一筆符紋都建構得恰到好處，彼此間的排列更是達到完美的平衡。

在熱愛魔法的縹碧眼中，眼下的法陣堪稱是他甦醒至今見到的第一個藝術品了。

可是很快地，他的眉頭又有絲惱火地蹙起。

他從那些看似完美的地方找到異樣之處，就像一首樂曲中出現了不和諧的噪音。

「你們這些愚不可及的蠢蛋。」縹碧像隻大型猛獸，輕巧但無聲地來到了海倫娜面前，面部線條繃成凌厲，華麗的袍角和紅黑交雜的髮絲在無風的狀態下颯颯舞動，宛如在表達主人的不悅，「你們用了粗糙糟糕的方法改動這個法陣，讓它的水準大幅降低。

你們怎會以為憑你們那灌水的腦子，有資格對這法陣指手畫腳？」

口不能說的海倫娜只能以眼神怒視回去，恐怕她也沒想到，自己在這狀態下還得面對縹碧不客氣的羞辱。

不過一會兒後，她眼中忽地露出一抹快意。

縹碧的雙眼被紅布蒙住，但不妨礙他視物，自然也不會忽略海倫娜的表情變化。

翡翠他們自然也沒有。

「喔？」縹碧紆尊降貴地在海倫娜面前蹲下來，「妳的表情說明了一點東西，跟這個法陣有關？」

就算隔著紅布條，海倫娜還是產生了被深深注視、彷彿整個人無所遁形的感覺。她不禁狼狽地想別開臉，但縹碧半透明的手指牢牢地掐住了她的下巴。

那不帶溫度的手指讓她心裡生出寒意，一路直凍到腦門。

「妳覺得我們沒辦法成功啓動這個法陣，因為你們把它糟蹋成另一種模樣？你們把它修改成需要某種特定媒介，才能順利發動傳送功能吧。」縹碧收回手，如同厭棄地甩了甩，好似他剛碰到的是什麼髒東西。

海倫娜驚駭的目光洩露一切。

這個法陣當初可是集結了他們眾多魔法師之力才研究透徹並啓動，更不用說之後他們還花費無數心力，才終於成功更改部分結構。

但這些東西……卻被一個亡靈輕易看透了。

他究竟是什麼來歷？

翡翠理解了，「也就是說若沒有特定物品，這傳送法陣就用不了吧，那還不簡單。」

翡翠直接盯上最初被他打量的榮光會成員，他把那人當成烙餅一把翻過來，伸手就往對方衣服內探去。

既然浮空之島那邊是派這人下來，肯定會把關鍵物品交給他，否則這人到時也沒辦法順利回到上面。

「在下認爲您不用找了。」斯利斐爾冷不防出聲，打斷了翡翠想翻找亞伯特全身上下的舉動，「您看。」

翡翠順著斯利斐爾指的方向望過去。

只見昏迷的尙恩還是維持原來的姿勢，腦袋上磕出的傷口猶在流血，然而那鮮血卻像是受到某種無形的牽引，居然自動朝法陣的線條中滲入。

這下子，所有人都反應過來那個媒介是什麼了。

「布拉茨家族的血就是關鍵呀……」珂妮喃喃地說。

「帶點上去預防萬一吧，給我容器。」翡翠朝斯利斐爾伸出手，後者如同變魔術般遞出一個小空瓶給他。

「早知道就應該用另一種子彈的。」瑞比彈了下舌頭，「把這傢伙的腿炸了，血就能流得滿地都是，法陣也能更早觸發，省得還要看這老女人故作神祕。珂妮，妳等等就留在這吧。」

「咦咦咦？爲什麼？」被點名的珂妮大吃一驚，「瑞比前輩你這是什麼意思？」

「還用問嗎，當然是妳留下來，看著這群傢伙。」瑞比不耐煩地比比海倫娜等人，順便一腳把昏迷的尚恩踢出法陣外，「然後等第三武裝教士團他們過來，總要有人跟他們把事情講清楚吧，不然他們哪知道發生什麼事。」

「那種事情……瑞比前輩你也可以做啊。」珂妮堅持不肯移動腳步，「翡翠先生要上去吧，那我也一定得上去才行。他是黑雪的重要關鍵，我必須跟在他旁邊見證，直到找到解答才行。」

「啊？我才不想跟那群傢伙接觸。」瑞比毫不掩飾臉上的嫌惡之情，「我是前輩，叫妳留下就留下。」

翡翠沒興趣理會神厄的內鬨，反正他們繁星冒險團是全體都會上去的。從尚恩嘴裡，他們已經知道傳送法陣的另一端會有人接應這批肥料和小鳥，但人數不會太多。

而浮空之島上的傳送法陣位置，則是在實驗基地外圍，如此一來倒不用擔心直接誤闖入敵方大本營。

「縹碧，啓動法陣的魔力靠你行嗎？」翡翠問道。

「我以爲你該清楚體認到我有多完美了。」縹碧傲慢地說。

「是是是，你最完美，晚點順便讓我咬咬看口感有沒有跟著升級。」翡翠隨口敷衍。

縹碧選擇只聽見前半句，後半自動忽略。他輕巧地來到法陣中心處，手臂抬高，動作如同指揮樂曲般優雅。

在日核礦照明的空地處，平空升冒出更多光點。它們像是忽然聚集在此的螢火蟲，閃爍著點點螢光，隨著縹碧的動作在空中劃出流暢的光之軌跡。

與此同時，刻劃在石台上的符紋也跟著亮起微光，接著光芒越來越大，宛如雙方互相輝映。

「白薔薇，你們呢？」翡翠望向兩位塔爾負責人。他沒忘記他們是爲了追捕被打上記號的目標，其中一人便是如今昏倒在一邊的白袍人員，另外逃逸的兩人正躲在浮空之島上。

黑薔薇和白薔薇對視一眼，又齊齊看向固執站在法陣裡的珂妮，和擺明不打算留下的瑞比。

黑薔薇在白薔薇耳邊低語幾句，後者點點頭，不到片刻，兩人似乎達成某種共識。

黑薔薇主動往後退了幾步，只讓白薔薇走進法陣裡。

「我跟你們上去吧。」白薔薇淺淺一笑，「黑薔薇會和第三武裝教士團的人接洽，而且，這裡由他看顧會更保險一些。萬一忽然有誰跑出來想救走這些人，交給他處理就沒問題。」

「你確定？他一個人行嗎？」瑞比提出了質疑。

黑薔薇十指倏地張開，上面不知何時纏繞多條細線。伴隨著多道銀光在夜色下一閃而逝，絲線末端沒入土裡。

黑薔薇靈巧地勾動手指，眾人頓時見到土壤隆起，那些泥土塊就像是被看不見的多雙大手揉捏形體，眨眼就被塑出肖似人的外表。

一個個高壯的土製人偶林立在石台周遭，如同最忠實的守衛，將海倫娜幾人看管得嚴嚴實實。

「那這個，就拜託你轉交了。」珂妮將存好證據的高級映畫石拋向黑薔薇。

而當白薔薇站至翡翠他們身邊，原本熾亮光芒的亮度像來到最高點，一舉將法陣中所有人影吞沒進去。

第8章

從耀眼的白光佔據視野，到光輝倏然一口氣抽離，似乎只是一個恍神。

一下子，周圍景象已徹底轉變。

開闊的空地不在，取而代之的是封閉的空間感及壓迫的暗色磚牆。

除此之外，還有三道體格壯實的人影站在翡翠幾人面前。

從尚恩口中得知傳送法陣另一端會有人等候、負責接手肥料運送的時候，翡翠他們在踏進法陣之際就提高了警戒。

如今驟然見到人影，他們在最短的時間內便採取了行動。

那三個男人的神情起初是輕鬆的，他們還以爲從法陣內出現的人影是自己人，但很快察覺到了事情不對。

他們猛然變了臉色，別說沒有肥料的蹤影，甚至法陣內的人他們一個都不認識。

「你們是……」一名男人的「誰」字還卡在喉嚨裡，來不及順利發出，一道陰影就已逼至他眼前。凌厲的破風聲響起，下一秒，一記猛烈拳頭轟上他的正面，轉眼讓他的意識沉入黑暗。

另外兩個男人的下場也差不多。

當珂妮揮出她的拳頭，瑞比和翡翠也如同疾迅掠出的閃電，各自選定了一個目標。爲免過大的槍聲引來不必要的騷動，瑞比沒有使用他的槍，直接雙手扣住敵人的下巴和腦袋，再猛力扳轉。

「卡嚓」聲響傳出，被瑞比盯上的男人頓時像被抽光力氣，身體軟軟地往下癱滑。翡翠或許是三人中最爲手下留情的，畢竟他還想留個會說話、會喘氣的活口，來爲他們接下來的行動指路。

被翡翠相中的敵人遭到雙生杖的重擊，緊接著四肢關節被換了形態的長刀劃開，俐落地剝奪對方的行動能力。

僅僅頃刻間，三個大男人就被放倒在地，其中一個還再也醒不過來，直接去見了眞神。

「我還是喜歡看別人的頭被打爆。」瑞比甩甩手，語帶遺憾地說，「扭斷脖子還是有點麻煩啊。」

「你的敵人肯定兩個都不喜歡。」翡翠隨口吐槽。話一脫口，就意識到自己的聲音不再奶聲奶氣。

他慢一拍地再發現到，就連視線高度都跟著產生變化。

不，是他整個人都變了！他變回原來的大小，就連頭髮也變回綠色！

翡翠反射性低頭檢查自己的身體，好在衣服都完整地穿在上面，他沒有眞的淪落到爆衣裸奔的下場。

斯利斐爾確實達成了他的承諾。

「終於變回來了……」翡翠鬆口氣，他還是習慣用這個大人的身體，手腳太短多少還是有些不方便。

「連衣服也變回來……加雅負責人的藥也太神了。」瑞比深感欽佩地說，「路那利這點就比不過人家了。」

「路那利前輩是最棒的，瑞比前輩你不要亂說話。」珂妮馬上爲自己崇拜的偶像反駁。

不，神的是他旁邊的那位眞神代理人……翡翠望了一眼斯利斐爾，再將注意力投向周遭。

「看起來，我們在某個建築物裡面。」白薔薇踏出法陣，直看向兩名還留有一口氣的男人。他從身上抽出繩索，熟練地將他們牢牢綁縛住，徹底斷絕他們逃跑的可能性。

「縹碧，幫我看看外面動靜。」翡翠使喚著飄在空中的白袍男人，「這對完美的你一定很簡單吧。」

縹碧「嘖」了一聲，似乎不滿翡翠扔派如此隨便的任務給他。可看在對方的稱讚上，還是勉爲其難地挪動身體，一晃眼就消失在這個被磚牆包圍的空間內。

在縹碧探查回來之前，翡翠不打算貿然進行下一步動作。憑靠精靈族的聽力，他能確定他們附近目前沒有其他生物，尙且安全。

如今他們所待的空間就只有一個出入口，門洞外接連著一條走廊。

走廊不長，一眼就能望見盡頭，盡頭處是一扇看似沉重的大門。

至於門外有什麼，等縹碧回來自然就能知道。

被奪去行動力的男人又驚又駭地看著翡翠他們，至今仍不明白眼下是什麼狀況。爲什麼接送肥料的亞伯特沒帶著海倫娜一塊回來？這些人又到底是誰？

雖然不曉得這些人的來歷，但唯一能肯定的是他們絕非常人，否則也不可能一碰面就出手狠辣。

男人試圖降低自己的存在感，連大氣也不敢喘一聲，只冀望自己別再被注意到，他一點也不想步上死去同伴的後塵。

但事與願違，那些人還是朝他的方向看過來了。

「唔嗯，忽然有點懷念路那利了……」翡翠摸摸下巴，盯著那個直冒冷汗的男人半晌，冷不防冒出這個感慨。

「啥？懷念他幹嘛？」瑞比差點被嗆到，他可是一點都不懷念那個全身都像浸了毒似的水之魔女。

「懷念他的拷問手段。」翡翠回想起在瓦倫蒂亞黑市，路那利輕而易舉地就從某家酒館老闆口中挖出想要的情報。

「這種事情我也……」

瑞比還沒說完，就被珂妮不留情面地拆台。

「瑞比前輩一點也不擅長拷問，他手段都很簡單粗暴的。」

「不如交給我來吧。」白薔薇笑吟吟地攬下了這個任務。

看著那張清雅的笑臉，翡翠忽然想起將《瀕死的痛感與快感速成調教手冊》這種一點也不適合小孩看的書，送一本迷你版給珍珠的人……

就是這傢伙！

縹碧動作很快，白薔薇的動作也很快。

當那名黑髮白袍的靈重新回來，白薔薇也將想知道的情報挖得差不多了。

老布拉茨最初曾多次派人在島上進行調查，但除了發現這只是一座荒島，能見的人為痕跡只有殘留的廢墟遺址之外，可說是一無所獲。

幾次徒勞無功後，終於停止繼續探索，改將全部心力專注在奇美拉的實驗上。

奇美拉的實驗基地就設立在浮空之島的一座神殿遺跡裡。神殿佔地極廣，內殿被用來作為實驗場所，神殿外則全被茂密的樹木和大量植物包圍。

基地部署的人力大約二十人左右，主要為研究人員，武裝人員則比想像的還要少。

當然，這跟地點也脫不了關係。

畢竟一般人根本不可能從高空入侵到這座島上來，因此也就不用分出太多人手在守備上。

就與尙恩先前說的一樣，他們如今所待的傳送室在實驗基地外圍，離實驗基地不會太遠。

事實上，傳送室就在神殿後殿。只不過後殿與主體建物中間的連接崩坍斷裂了，才使得傳送室像獨立於神殿之外一樣。

「外面沒人看守，也沒藏有任何魔物。」縹碧悄無聲息地落了地，向翡翠說明他觀察到的情景，「再更過去一點有座像神殿的廢墟，你們要找的目標就在那裡。」

「你有看過神殿裡面了嗎？」翡翠問道。

「看了，和榮光會那邊的情況差不了太多。不過……」縹碧沉吟一聲，「實驗的奇美拉數量比我想的還少，居然不到十隻，我還以爲能更多呢。」

「再更多下去就不得了了。」翡翠倒是很滿意這個數字。敵方數量越少，他們行動時碰上的阻礙也會越少。

縹碧甚感無趣地咂咂舌，他比較想看到血流成河。才那麼一點奇美拉，看起來根本比不上榮光會的成果，一旦與翡翠幾人對上，簡直毫無看頭。

甫踏出實驗室，迎來的便是濃稠的夜色及無數交錯的樹影，頭頂則是大片浩瀚的星空。

數也數不清的星子散布在夜空中，亮得不可思議，和待在地面觀星時所感覺到的截然不同。

傳送室前方矗立著多根斷柱，粗大的柱體得要多人才有辦法環抱住，上頭攀繞著大量藤蔓。它們高低參差不齊，有的還保有大致型態，有的早攔腰斷裂，只留矮矮的柱基在原地。

斷柱設立兩側，朝前一路延伸，直到沒入濃密的黑暗裡，被黑夜一口吞噬。

假如縹碧說的沒錯，那麼在黑暗更後方，應該就是神殿所在。

雖說夜晚也能視物，但預防萬一，翡翠還是拿出了日核礦。

縹碧輕輕哼了一聲，像是看不起翡翠手裡拿的東西。接著他忽地單手舉高，低聲吟誦一串流利咒文，旋即手上浮冒出銀白色光球。

散發著淡淡光芒的光球繞著縹碧轉了一圈，接著靈巧地飛散到不同方向，登時替翡翠他們所在的區域完成簡單的照明。

「不錯嘛，縹碧。」翡翠捧場地拍起手。

縹碧一副「這沒什麼了不起」的矜持表情，但嘴角微翹的弧度洩露了他的得意。柔和的銀光將周圍映照得更加清晰，就連斷柱上纏繞的植物也能看得一清二楚。

「這是……」翡翠眼中閃過驚訝，身體比大腦還要快一步地有了動作。他一個箭步上前，伸手抓住那些附著金紋和銀紋的葉片。

可是當他將葉子抓握在手裡，他的表情登時轉為濃濃的失望。那的確是屬於葉子柔軟的觸感，上面的金銀紋路原來是它的葉脈。

翡翠幽幽地嘆口氣，他還以為是眞的金銀打造的葉子呢。這樣他就能收集一大把，帶回去換成一堆晶幣，一半給小精靈吃，一半他拿去買美食吃。

可惜夢想是美好的，現實是殘酷的。

「這葉子居然是金銀兩色，感覺挺像路那利那座森林會有的東西。」瑞比摘下一片葉子，端詳一番又無聊地往旁扔開，「不過路那利那邊的葉子是眞的用金銀跟寶石打造。不像這，只是顏色好看而已。」

「黑薔薇和灰罌粟或許會對這感興趣。」白薔薇採集了幾片，打算帶回去給另外兩位塔爾負責人當紀念品，「我第一次看到這種植物，如果能知道它的名字就更好了。」

翡翠馬上將視線投向斯利斐爾，「你知道吧。」

「金銀瑟藤。」斯利斐爾說。

「啊？」翡翠一愣，「我知道它是金色跟銀色的藤類植物，我是問你它的名字。」

「在下回答了。」斯利斐爾看著翡翠的目光像看著一塊朽木。眼看後者還是一副迷茫的樣子，他像是極爲忍耐地捏捏眉心，接著抬手在半空中書寫下植物的名稱，「金銀瑟藤，葉片上的金銀紋路在滿月之夜會發光。」

在翡翠欲張口問出任何問題之前，斯利斐爾快速又強硬地再說道：「不好吃，不能吃，不管什麼方式都不適合吃。」

翡翠重重地嘖了一聲，對金銀瑟藤瞬間興趣全無。

「會發光嗎？可惜今天不是十五之夜呢。」白薔薇仰頭望著天空，從他們目前的位置看不見月亮。但上來浮空之島前，掛在天幕上的是比半圓還胖的銀月。

雖然無法看到月亮，不過只要想到自己和黑薔薇看的是同一片星空，白薔薇的嘴角便不自覺地上揚。

在光球的引路下，翡翠一行人快速前進。

縹碧驅使光球，慢悠悠地跟在翡翠旁側，悠閒的態度宛如正在空中散步。

即使斷裂也依舊顯得高聳的圓柱仍舊林立兩側，金銀瑟藤大量蔓延堆繞，在銀白色光球的照耀下，彷彿鋪了滿地的金線和銀線。

「斯利斐爾，這裡是瑪瑙他們的故鄉嗎？」翡翠在他們的私人頻道詢問。

斯利斐爾拍拍背包，得到這個暗示的小精靈們立刻採取了行動。

「翠翠！」一顆白色的小腦袋奮力從斯利斐爾的背包內探出來，依舊是瑪瑙的速度最快。似乎是怕自己的喊聲可能會讓翡翠陷入不必要的危險，他的音量特意壓低許多。

瑪瑙一跳出來，後面緊跟著就是珊瑚，珍珠照慣例最後出現。

「哇！」珊瑚剛一出聲，就被珍珠不客氣地捏住臉。

「小聲一點，忘記翠翠的交代了嗎？」珍珠捏了幾下才放開。力道其實不大，只在珊瑚的臉頰留下微紅的痕跡，「他還在做任務呢，妳想破壞翠翠的任務嗎？」

珊瑚忙不迭用力搖頭，看向翡翠的眼睛濕漉漉的，活像不小心破壞了主人的東西，但不知道該怎麼辦的可憐小狗。

「珊瑚沒有破壞，只要記得繼續保持安靜就行了。」翡翠被珊瑚看得一顆心軟得不行，忍不住用指尖幫忙揉揉她微紅的臉頰。

珊瑚咧開一個傻傻的笑容，看起來開心極了。

「翠翠……」瑪瑙馬上依偎在翡翠頸側，「這裡暗暗的，我怕。」

「不怕、不怕。」翡翠馬上安撫起聲音都在微微顫抖的瑪瑙，「你看有光呢。」

「這是哪裡？好黑！好亮！」珊瑚用氣聲說話，寫滿好奇的目光不停往四周探望。要不是謹記著珍珠和翡翠的交代，她可能早就一馬當先地跳下去，跑進黑漆漆的森林裡面探險了。

「好黑跟好亮不能放一起吧。」瑞比感到費解地說。

「爲什麼不行？」珊瑚理直氣壯地指著叢林深處，「你看，好黑。」接著又指向縹碧召喚出來的銀白光球，「那個，好亮。」

瑞比沒想到自己有天會被一名掌心妖精堵得無言以對，偏偏對方還確實沒說錯。

看見瑞比沒辦法反駁自己，珊瑚得意地扠著腰，「就說珊瑚大人很厲害了！欸欸，大兔子，所以這是哪裡？」

「我們在浮空之島上。」珂妮搶在瑞比前面說話，一雙眼睛亮晶晶地緊盯著珊瑚和珍珠不放。倘若她們不是待在斯利斐爾的肩頭上，她一定迫不及待地衝上前，好近距離欣賞掌心妖精的可愛，「是空中的一座島喔。」

「浮空之島？沒聽過。」珊瑚晃晃腦袋，「空中聽起來很厲害，但一定沒有珊瑚大人那麼厲害，我會咻咻咻地把壞人全打跑的！」

「珊瑚好棒！」珂妮簡直要被這名掌心妖精的可愛迷得暈頭轉向。

「我本來就很棒，只是比翠翠差那麼一點……不，是這麼多點！」珊瑚張開雙臂來表達她和翡翠的距離，在她心中，第一名永遠是翡翠，「這個島看起來黑漆漆的，眞不好看。」

「因爲現在是晚上。」珍珠似乎不管什麼時候都是一副緩慢從容的語氣，「但也算普通好看，那些葉子有金色和銀色的紋路。如果是眞的金子銀子，翠翠一定很喜歡。」

「翠翠明明最喜歡我才對。」瑪瑙在翡翠耳邊小小聲地說。

翡翠失笑，伸手撓撓瑪瑙的下巴，在認同珍珠意見的同時，也沒有忽視她和珊瑚對話中所透露出的關鍵。

她們兩人對這座島都感到陌生，沒有任何一絲熟悉感。

翡翠記得精靈是生而知之的種族，假如這裡是精靈的故鄉，那麼珍珠和珊瑚或許會有一絲感應。

加上斯利斐爾方才也沒有繼續針對精靈故鄉這個話題再說下去……

所以這地方，很可能眞的只是一座普通的空中島嶼而已？

這念頭剛在翡翠腦海閃過，前方引路的縹碧驀然停下了移動。

縹碧抬高手，幾顆光球立刻往上飛，並且在空中又分裂出更多顆光球。

銀白色光輝如月光灑下，勾勒出原先隱沒在黑暗中的建築輪廓。

神殿到了。

從傳送室到神殿主體的距離，比翡翠預想的再長一點。

他原本以爲只要走一小段路就能看到目標，沒想到走了近十分鐘才終於看到神殿主體，由此也可想像它在完好時期的佔地究竟有多廣大。

從翡翠他們的角度看，神殿後側的構造大致上還算完整。寬廣的牆面在頂部有幾處坍塌，形成幾個大小不一的窟窿。窟窿後有光芒透出，更上方的山形牆上的雕飾還保留著，透過光球可以清晰地看見它們的圖案。

翡翠抬頭觀察，覺得那三個圖案就像是以星星、月亮和太陽作爲基礎，再進行更複雜的變化，延伸出更多樣的線條。

緊接著，翡翠發現肩上的瑪瑙停下了蹭他臉頰的舉動，就連一直喊的「翠翠」也消失了。

不單是瑪瑙。

甚至是一路上最坐不住的珊瑚也忽然變得安靜，明明前一秒還在小聲地跟瑞比他們炫耀著她的偉大之處，這一秒卻像被封住聲音。

瑪瑙和珊瑚都仰著頭，瞬也不瞬地凝望著某個地方。

翡翠飛快再往珍珠方向看去。

坐在斯利斐爾肩頭上的長髮小女孩竟也陷入相同的狀態，臉蛋抬高，神情怔怔，好像空中有什麼完全奪去她的注意力。

他們在看什麼？

翡翠朝三名小精靈仰望之處望去，那地方除了大片夜色外，就是神殿的山形牆了。

但是那面裝飾牆看上去正常得很，沒有絲毫異樣，只靜靜地矗立於夜幕之下。

「瑪瑙、珍珠、珊瑚？」翡翠直覺情況似乎不太對勁，低低喊了小精靈的名字，然而後者卻破天荒地沒有反應。

翡翠現在非常肯定小精靈們的狀態不對勁了。

「翡翠先生！」珂妮突然驚呼一聲，「珊瑚她們……在發光？」

「等等，掌心妖精是會發光的嗎？」瑞比差點合不上嘴巴，一臉吃驚地看著斯利斐爾肩上的那兩道迷你人影。

翡翠飛快看去，果然瞧見珊瑚和珍珠的背後亮起了淡淡的金光。

而發出光芒的兩名小精靈卻彷彿渾然未覺，仍然維持著仰頭的姿勢，好像神殿那邊有什麼令她們無法移轉視線的存在。

翡翠立刻將自己肩上的瑪瑙托放在掌心上，後者背上也浮出了光芒。

不對，正確來說發光點是在瑪瑙的後頸位置，只是光暈範圍大，才會讓人第一眼以爲源自於背部。

「斯利斐爾，這是怎麼回事？他們怎麼了？」翡翠心裡驚慌，深怕小精靈們出了什麼差錯。

「他們回到家了。」斯利斐爾平靜地用意識回話。

「什……」翡翠差點脫口驚喊出來，他及時把後面的字句轉換爲腦中的問話，「這裡眞的是精靈的故鄉？但你剛分明沒……」

「您有問在下嗎？」

「我確實是沒……」

「那就是您的問題。」斯利斐爾直截了當地說。

翡翠險些被斯利斐爾理所當然的態度噎得無言，他怒瞪對方一眼，決定先把這筆帳記著。

「喂喂，翡翠，怎麼了？那幾個小不點還好嗎？」瑞比不明所以地看著翡翠突然陷入沉默，他狐疑地在翡翠眼前揮揮手，「你有聽到我說話嗎？」

「有，小心你的手，別打到我家瑪瑙。」翡翠捧著瑪瑙往斯利斐爾身邊站，另一半心思不斷朝斯利斐爾扔出問題。

「瑪瑙他們現在身上的光是怎麼回事？會對他們造成任何不好的作用嗎？」

「只是回到故鄉的一種呼應而已。」斯利斐爾一句話便平息了翡翠內心的憂慮。

「所以這裡眞的是，瑪瑙他們的……」

「是，但也是過去式了。如今這裡早就什麼也沒有留下，您毋須多加在意。」

「眞神奇。」縹碧不知何時靠過來，居高臨下地俯望著翡翠掌心中的瑪瑙，「掌心妖精會發光嗎？但我的資料庫裡找不到相關的資料。」

就在這時，小精靈們身上的光輝漸漸轉淡，隨後所有人都看見他們的後頸處浮出奇妙的圖騰。

像是星星，像是月亮，像是太陽。

就與神殿山形牆上的雕紋一模一樣。

不僅如此，圖紋的中央處赫然還鑲著一枚細碎的寶石，就連色澤也與他們身上的圖紋相互呼應。

瑪瑙的星星圖騰是綠寶石。

珍珠的月亮圖騰是藍寶石。

珊瑚的太陽圖騰是紅寶石。

「這地方……難道說和掌心妖精有什麼關聯嗎？」白薔薇不認為瑪瑙他們身上的圖案和神殿的圖案相同，只是一種單純的巧合。

「你還真是問倒我了，我也不知道。這地方我們也是第一次來……」翡翠當然無法向在場其他人說明真相，他乾脆含糊帶過。畢竟在初次來到這座浮空之島一事上，他可沒說謊騙人。

「或許就只是一種巧合。」斯利斐爾語氣平淡，卻有種讓人下意識認同的威嚴。

白薔薇笑了笑，明智地止住這個話題。

縹碧對魔法以外的事物都維持不了太久的興趣，既然翡翠沒有說下去的意思，他也索然無味地打算從瑪瑙他們後頸的圖騰上收回目光。

可就在這一剎那，他的身子頓住數秒。

如果他的雙眼沒有被紅布條覆蓋住，那麼翡翠他們就會窺見他的瞳孔中閃過成串符紋，本該有神的雙眼更是失去焦距，彷彿陷入恍惚之中。

但誰也沒看見。

自然也不會有人知道縹碧在那極短的片刻裡，核心中樞再次迎來了震顫。

在本該只有箱子和書籍組成的宮殿裡，赫然無聲無息地爬出一條銀蛇。

它有著紅寶石般的雙眼，鱗片閃閃發亮，每一片都像純銀打造。

蛇代表多疑與智慧。

而銀蛇，更是伊利葉留下的符號象徵。

縹碧以爲在瓦倫蒂亞黑市讓自己臻至完美後，就不會再見到銀蛇了，沒想到它在這一天會再度出現在他的宮殿內。

銀蛇纏繞在柱上，順著柱體蜿蜒而下。

隨著它越接近宮殿地面，它的身子也越漸龐大。

它碩大的身軀盤繞在無數箱子與書籍之間，頭顱昂起，那雙血色的眼珠就像在與縹碧對視一樣，又像是在等候著下一步的指令觸動。

「翠翠！」

稚嫩的嗓音猝然冒出，連帶也拉回縹碧的神智。

眼看銀蛇沒有更多的動靜，縹碧把困惑按壓下來，像什麼事也不曾發生過一樣。

「翠翠，怎麼了？」瑪瑙疑惑地歪著頭，看著把自己捧在掌心上的翡翠。

雖然心裡不解自己怎麼從翡翠的肩膀跑到手上了，但這不妨礙他先抱著翡翠的手指頭蹭了蹭。

「怎麼了？怎麼了？難道說有敵人要出現了？」珊瑚馬上擺出迎擊姿勢，似乎渾然不知前一刻她與另外兩名小精靈都出現異狀，「珊瑚大人砰砰砰地準備好了！」

「翠翠？」珍珠一向都是最冷靜理智的那個，只不過這次連她也觀察不出有哪裡不對。

「你們的……」珂妮才說了幾個字，就被瑞比不客氣地摀住嘴巴，還被強行一把拉到後面。

「那種事情晚點再說也不會死，妳是忘記我們這趟上來是要幹嘛的嗎？」瑞比壓低音量，氣勢凌厲。

珂妮拉下瑞比的手，小小聲地回應，「知、知道了……」

小精靈們誰也沒去管神厄雙人組的對話，他們所有注意力都放在翡翠身上。三雙眼睛全都炯炯有神地緊盯著翡翠，就怕錯過他的任何一句話語。

「沒事。」翡翠露出笑容安撫著小精靈，決定等浮空之島的事情結束，再跟他們說起頭後圖紋的事。他把瑪瑙改放到斯利斐爾手上，「我們要準備行動了，你們跟著斯利斐爾一起，我們的背後就交給你們保護了。」

原本還想跳回翡翠肩上的瑪瑙煞住腳步，鄭重地用力點頭。

「沒問題，珊瑚大人一定會保護好翠翠的！」珊瑚拍拍挺起的小胸膛。

「還有翠翠以外的人，妳別忘記，也別不小心把火燒到他們身上。」珍珠細聲細氣地說。

珊瑚看看翡翠，又看看翡翠以外的人，小臉不由得皺起，好像這是一件困難的事。半晌她才嘀嘀咕咕地說，「珊瑚大人會盡力的啦……」

「縹碧，你的光先熄掉，我們潛伏過去！」翡翠俐落地下了指令。

當銀白光球消逝，只剩神殿上方隱隱有光，翡翠一行人迅速地繞過神殿正後方的高牆，選擇由左側前進。

即便沒有光球幫忙照明，翡翠還是能在幽暗中看見大致的景物，包括了神殿左側的壁面。

乍看之下，神殿外牆保留得比翡翠預想的還要完整。

或者說，太完整了。

完全沒有崩塌的牆壁彷彿未曾經歷時光的沖刷，在黑夜中屹立不搖地矗立著。

就在翡翠幾人準備再往前潛行之際，他們身側的牆壁一角竟然霍地開啓了一扇門，從門內走出了兩個穿著白袍的男人。

兩個男人本來還有說有笑，直到他們的視線與翡翠等人對上。

不論哪一邊，顯然都沒想到會撞見對方。

即使身為感官敏銳的精靈，翡翠就算隱約捕捉到牆後有聲響，也不會想到牆邊剛好藏了一道暗門。

最糟糕的是，那門開的方向正好就對著他們所在的位置。

燈光自門後透出來，不偏不倚映亮了翡翠等人的面孔。

看起來像是研究員的兩個男人先是一愣。他們起初還以為是運送肥料的人終於回來了，但翡翠那張讓人驚艷的精緻面孔反倒讓他們猛然意識過來——

這根本不是他們的人！

驚覺到有陌生人入侵，浮空之島的兩名研究員變了臉色。他們急急往後退，其中一人更掏出一枚哨子，驚人的高亢聲響當即響徹神殿周遭。

「靠！」翡翠也變了臉色。

這下子，他們是徹底暴露了。

很顯然，那聲響是通報敵人入侵的一種方式，翡翠他們立即聽見門內傳來了騷動，更多的人聲像在沸騰。

旋即更多扇暗門齊齊開啟，大量光線從門內溢出，衝出的同時還有多道危險黑影。

光芒照亮了那些黑影的面貌，就與翡翠他們在慈善院見過的棘刺犬有幾分相似。

只不過它們的外形更猙獰、更凶惡，更加地……像是用不同生物的部位拼湊出來。

是奇美拉！

是經過實驗的變異棘刺犬！

它們的體型比慈善院內第二波見到的棘刺犬還大，尖刺和利爪自然也壯大許多，皮毛完全變成堅硬的鱗甲，泛著冰冷的金屬光澤。

而當它們張嘴發出吼叫，就會發覺它們的嘴巴竟然佔了半張臉不只，甚至還擴至脖頸以下。那張恐怖的大嘴裡布滿利齒，就連吐出的舌頭上也長著排列成環狀的尖牙。一旦被那張嘴咬上，大半血肉都會被吞咬入腹。

在那些光芒的照耀下，翡翠等人這才驚覺為什麼神殿的這一面牆壁會保持得特別完整。

他們面對的根本不是什麼神殿外牆……赫然是糾結無數的粗大藤蔓！難以計數的藤蔓盤曲交結，最終形成一大片綠牆，把神殿內部圍繞其中。

而暗門就是設立在這些綠藤之間。

六頭變異棘刺犬的大嘴裂到近胸前，密集的利牙閃爍著懾人寒芒，它們撒開四肢，像道黑色旋風撲向被它們鎖定的獵物。

「縹碧，給我光！能照亮多少就照亮多少！」既然都暴露了，翡翠乾脆也不再特意隱匿行蹤。相反地，他還要讓那群隨時像能與暗影融為一體的黑色魔物無所遁形。

「你說要有光，那就會有光。但為了維持你的光，我可不會下去蹚渾水，那看起來麻煩又無趣得要命。」縹碧在空中輕笑一聲，接著快速吟誦咒文。

他的掌心平空凝聚光點，更多光點從中心處如噴泉湧冒出來。下一瞬間，所有光點直沖天際，並在夜幕下如同煙花一朵朵綻放。

驚人的光輝轉瞬映亮了黑夜，神殿所在之處頓時亮若白晝。

一切都被映照得一清二楚。

包括神殿自身，神殿周遭的環境，那群追擊翡翠等人的人造魔物，以及……出現在其中一道暗門中的微胖身影。

他戴著金邊眼鏡，頭髮花白，蓄著短短的鬍子。就算在這種場合，他臉上還是帶著笑意，給人和藹慈善的印象，可眼底深處的精光卻像是冰冷的爬蟲類。

翡翠認得那張臉，在兒童之家的肖像畫裡出現過無數次。

那就是羅傑．布拉茨。

慈善院的幕後黑手，眾人口中的老布拉茨！

第9章

老布拉茨有些不悅。

應該送上來的肥料和小鳥遲遲未見，現在還有一批不知什麼來歷的入侵者摸到了浮空之島上。

海倫娜和慈善院的人到底在搞什麼鬼？他讓他們好好工作，他們就是用這種方式回報他的？

最好這些傢伙不要是教團的人，否則等解決完他們，他還得下去處理一堆麻煩事。

老布拉茨內心火氣沖天，可面上還是掛著笑容。

他越是動怒，臉上的笑容就越慈祥親切。

他笑咪咪地看著自己團隊培養出來的變異棘刺犬發出咆哮，追逐那群入侵者，嘴裡吐出了殘酷冷血的命令。

「把入侵者的手腳咬掉，留身體就行。小心別咬死了，我還要好好審問一下他們是怎麼溜上來的。海倫娜看樣子也不太行了啊，在她的眼皮底下，居然還會發生這種事。這可眞是……」

就算不曾見過老布拉茨的畫像，但光從那名老人的話語，瑞比用腳趾頭都能猜到，這一看就惹人作嘔的老頭子究竟是誰了。

眼看老布拉茨轉身打算進入神殿，似乎對自己魔物的實力相當放心，瑞比二話不說改將槍口朝向對方的眉心。

只可惜從旁撲躍過來的棘刺犬阻礙了他的動作，他的子彈打偏，落到了藤蔓之間。

全部的暗門再次關上，老布拉茨的身影也被徹底隔絕。

「混蛋！」瑞比啐了一聲，驚險地躲過棘刺犬的血盆大口。

爲免與其他人撞在一塊，反而限制了自己的攻擊範圍，瑞比果斷地把一頭棘刺犬引到另一個無人的方向。

棘刺犬果然成功被引過去。

它的大嘴裡淌著口水，碧綠的眼睛滿是嗜血的欲望，恨不得能把看上的獵物咬成碎片，盡情地吞吃入腹。

但是不行，它的主人下達了指示，它最多只能把獵物的手腳通通咬斷。

棘刺犬的喉頭滾出凶惡的吼聲，奔跑速度加快，隨即猛力一躍，一口氣大幅縮短與瑞比的距離。

瑞比反應更快，棘刺犬蹬地躍起之際，他即刻轉身往下來一個靈活的滑鏟。

他的身影和空中的棘刺犬交會，黝黑的槍口對著棘刺犬的肚腹，扳機不客氣扣下。

槍聲如驚雷閃過，棘刺犬卻沒有立刻被擊倒，堅硬的鱗甲達到了一定的保護效果。

就算瑞比使用的是刻有魔法效果的魔紋彈，卻也只在上面造成一道偏淺的傷口。

血腥味顯然刺激了棘刺犬，它一落地，背部馬上出現異狀。

只見棘刺犬背上的尖刺亮起冰藍色光芒，接著光芒化作實體，竟成了一根根冰刺，朝著瑞比的方向飛射過來。

「這到底混了什麼魔物！」瑞比惱怒閃避。他認知裡的棘刺犬可不會這種冰屬性的攻擊，所以就只可能是來自其他魔物的能力。

他快步奔跑，槍枝在他手裡靈活無比，抓住一個刁鑽的角度就直接開槍射擊。

子彈劃過夜氣，貫入棘刺犬的一隻眼睛裡。

一蓬血花伴同著獸類的慘嚎迸現。

失去一隻眼睛讓這頭棘刺犬變得越發狂暴。

它背上的尖刺再次亮起藍光，這一次，光芒蔓延至尾巴，更多冰刺浮冒而出，如同一陣冰之驟雨呼嘯襲來。

瑞比的身手再如何矯捷，面對龐大的冰刺也難以一口氣全數成功閃躲。

冰刺撕裂他的外套，在他的手臂、肩膀、後背都留下傷口。鮮血滲透布料，在外套上留下了殷紅的痕跡。

「可惡，這是我最喜歡的一件！啊啊，煩死了、煩死了、煩死了……」瑞比嘴上不耐煩地碎唸，開槍的速度卻沒有慢下，好似那些傷口沒有帶給他任何痛覺。

當然不可能感覺不到痛，但這種傷勢對神厄的人來說早就是家常便飯。

瑞比實在受夠棘刺犬那防不勝防的冰屬性攻擊，他決定用以傷換傷的方式把對方的另一隻眼睛也毀了，省得自己得一再閃躲。

只是這念頭很快就因爲「喀喀」的彈匣空轉聲而停止。

沒子彈了。

「嘖，真的是煩死了！」瑞比的目光鎖定前方的一根斷柱，就算已經毀損也還有兩個人的高度。

他腳下速度加快，三步併作兩步再一個猛力跳躍，一把抓住纏繞在斷柱上的金銀瑟藤，借力使力，成功把自己扔甩到斷柱頂端。

瑞比吐出一口氣，摸了摸自己攜帶在身上的魔紋彈，憑著手指觸感辨認附在其上的魔法效用。

然後他的指尖頓住，他想到一個比剛才更好的辦法了。

棘刺犬見獵物竟躲到高處，憤怒地直繞著柱子打轉，最後乾脆後退一段距離，想要仿效瑞比剛才的動作，試圖跟著躍上柱端。

在棘刺犬高高躍起的瞬間，裝填完子彈的瑞比將食指放在扳機前，接著扣下。

白色如獠牙的硝煙升起，刻著特殊紅紋的子彈沿著軌道衝出。

棘刺犬快要接觸到瑞比了，它的利牙幾乎近在眼前——

瑞比冷靜沉著地又開了一槍。

第一枚子彈擊中了棘刺犬的眉心，但同樣被過硬的鱗甲擋下。

就在子彈即將被彈開的剎那，第二發子彈緊接到來，重重地將第一發重新送回先前擊中的位置。

這一次，原本就有些凹陷的鱗甲被順利擊破。

兩枚子彈一前一後都沒入棘刺犬的體內。

瑞比勾起不屑的弧度，轉身就往另一根斷柱跳過去。

魔紋彈緊接著在棘刺犬體內爆炸，當場讓它成了一團血肉模糊。

大股大股血霧噴灑到柱端和柱面，假如瑞比的動作不夠快，如今就得被噴得一身紅了。

瑞比蹲踞在斷柱上，望向另一端還在和魔物纏鬥、不知不覺離神殿越來越遠的金髮少女，不耐煩地扯開嗓子大吼一聲。

「珂妮！給我想辦法跑回去，砸破那片醜不拉嘰的綠牆！別給老子辜負妳那個鐵拳珂妮的名號——」

珂妮聽到瑞比的吼聲差點腳步一個踉蹌，要不是她反應快，可能就要被棘刺犬的利齒一口咬上手臂。

從那張嘴巴的駭人程度來看，這一咬下去，恐怕整條手臂都要跟著消失在魔物的嘴裡了。

「太過分了，瑞比前輩……我明明是預知的珂妮！」珂妮頭也不回地發出強烈抱怨，雙眼瞬也不瞬地盯緊棘刺犬的動作。在對方猝然彈跳而起、像道黑色旋風往自己撲來之際，靈巧地避開了那記不留情的撕咬。

又咬了個空的棘刺犬怒意增生，背部尖刺驟然亮起紅光。

珂妮不用預知，也知道接下來肯定不會是好事。她果斷與棘刺犬拉開距離，但顯然這個距離還是不夠。

紅光下一刻成了多顆熊熊燃燒的火球，挾帶猛烈的氣勢全往珂妮方向砸過來。

珂妮果斷拔腿就跑，這回她沒忘記瑞比的交代，要跑也得向神殿所在的方向跑。

少女腳程飛快，耷拉在頭頂兩側的毛茸兔耳朵跟著動作一晃一晃的。

落空的火球盡數砸在地面，有的還波及到一邊的樹木和藤蔓，一下就將它們灼燙成焦黑。

眼看鎖定的獵物不知道是第幾次躲過自己的攻擊，棘刺犬眼內碧光更熾，層層疊疊的怒火在體內炸開。

它發出驚人的咆哮，緊追在珂妮身後不放，同時紅光從背部的尖刺一路亮到尾巴。

當紅光大盛到極致，一顆碩大的火球升空。

察覺到身後異光的珂妮回過頭，瞪圓的眼內映滿了灼人的火光。她驚叫一聲，雙腳邁動得更快，像隻大兔子在夜裡全速狂奔。

拿出地兔族的腳力，珂妮總算在千鈞一髮之際逃出火球的攻擊範圍，然而她身上的大衣卻難逃火劫。

翻騰的火焰如大蛇般舔上了大衣衣襬，易燃的布料立時壯大了火勢。

「啊啊！」珂妮一嗅到背後傳來燒焦味直覺事情不妙，一扭頭登時瞧見自己的大衣居然燒起來了。

她急急想脫下那件大衣，一時疏忽沒發現火光中有道黑影疾速衝來。

竟是棘刺犬。

眼看魔物那張駭人的大嘴就要接觸到渾然未察的金髮少女，下一秒她柔軟的軀體就會被撕扯得血肉淋漓。

說時遲、那時快，一隻手臂從旁伸出，猛地將人拽往一旁，險之又險地讓珂妮避開了棘刺犬的撲咬。

那力道甚至可以稱得上粗魯，珂妮重心一時不穩，只能狼狽地以屁股著地。

她趕緊脫下大衣，只能讓她最喜歡的一件被火焰燒成焦黑——雖然那件大衣就算沒被火燒掉，回去也不能穿了。

棘刺犬的爪子在上面留下諸多裂口，讓它看起來變得破破爛爛。

沒了大衣的包裹，珂妮纖細的身軀上也露出不少傷口，那些都是先前和棘刺犬對戰時所留下。

任憑大衣被火焰吞噬，珂妮看向方才拉她一把的人。

那頭白髮和黑色系爲主的衣飾……是白薔薇！

連續使用了兩次火屬性的攻擊，棘刺犬背上的刺沒有再度亮起紅光，看樣子，它還要一些時間才能再次使用。

沒了火焰輔助，棘刺犬憑靠的就是它鋒利的爪子、牙齒，及那條布滿尖刺的尾巴。

它惡狠狠地怒視著破壞自己行動的白髮少年，它本來能撕裂獵物看起來柔軟的手臂，將其咀嚼成碎片、吞下肚子，稍微滿足自己的食欲。

偏偏……全都被這一身黑白的傢伙破壞了！

棘刺犬口中發出威嚇的吼聲，目標改成突然殺出的白薔薇，嘴巴從臉部一路裂到近胸口，把恐怖密集的尖牙全都展現出來。

下一瞬，棘刺犬氣勢洶洶地對著白薔薇撲咬過去。

然而動作剛起，就猛地發覺到自己居然衝不過去，後方有股強悍的力道死死地拽著它不放。

棘刺犬一扭頭，碧眼瞠大，彷彿不敢相信自己見到的景象。

珂妮趁著棘刺犬轉移目標的時候，靈敏地竄到它的身後，從尖刺間隙牢牢箝制住了它的尾巴末端，緊接著將地兔族的怪力展現得淋漓盡致。

饒是知道地兔族只要雙腳接觸土地，就會發揮驚人的力氣，白薔薇還是不免露出了驚訝的表情。

因爲他目睹了個頭嬌小的金髮少女抓著棘刺犬的尾巴，毫不留情地將對方掄起，狠狠地砸向了旁邊的一根圓柱上。

基於棘刺犬的鱗甲防護力極高，因此珂妮沒有砸了一次就結束，而是接著第二次、第三次、第四次……

直到柱子應聲碎裂，棘刺犬的腦漿都迸溢出來，珂妮才氣喘吁吁地鬆開手，任憑沉重的魔物屍體摔落地面。

「呼……呼……」珂妮抹了一把額前細汗，從衣裡摸出了一瓶兔兔牌番茄汁，仰頭就是咕嚕咕嚕地灌下。

「地兔族的力氣，果然不同凡響。」旁觀全程的白薔薇不吝惜地鼓掌。

「最重要的是要天天喝兔兔牌番茄汁。」珂妮找出手帕，擦擦沾到果汁的嘴角，友善地向白薔薇說道：「你要來一瓶嗎？我這還有喔。」

「不了，謝謝。」白薔薇沒有一絲猶豫地拒絕了。

「就說不要老是四處發送你們一族的特產，又不是每個人都愛喝。」瑞比的聲音神出鬼沒地出現。

「哇！」珂妮被嚇得蹦跳起來，一對兔耳跟著豎直，「瑞比前輩，你別嚇人啊……

還有兔兔牌番茄汁明明就是最棒的，等下去後我會再證明給你看！」

「不用，不需要，我不想看。」瑞比不客氣地打斷珂妮的話。

他可是看過太多慘例了，珂妮所謂的證明就是強灌兔兔牌番茄汁到那人的嘴巴裡。

「瑞比前輩，你有看到翡翠先生他們在哪裡嗎？」珂妮把喝光的飲料瓶捏扁，再放回衣裡。

「剛瞄到一點。」瑞比說的是他不久前還待在斷柱上的事，「似乎是往神殿前面的方向跑了。」

「我有個問題。」白薔薇忽地開口，「你們殺了幾頭棘刺犬？我一頭。」

「我也是一頭。」珂妮說。

「我也是……」瑞比話說到一半，臉色頓時變了，「操！所以剩下的三頭都追著翡翠他們那邊了？他爲什麼能夠一次引到那麼多頭啊！」

✣✣✣

爲什麼六頭棘刺犬中有一半的數量是追著自己跑？

這問題翡翠自己也很想知道。

在留意到有三頭棘刺犬盯上自己的時候，翡翠就果斷地朝著一個方向跑，將它們全部引開。

斯利斐爾和三名小精靈自然是跟著他一塊移動。

翡翠打的主意很簡單，引開三頭棘刺犬可以減輕同伴的壓力，也不會讓彼此的戰鬥受到影響。

翡翠也不是像無頭蒼蠅般胡亂奔跑，在縹碧的光輝照耀下，要找到神殿正面的位置很簡單。

要是那邊的大門防守不嚴，說不定還能趁隙把棘刺犬給引到裡面，爲老布拉茨他們的實驗基地製造更多混亂。

只不過這一跑，翡翠才發現這座神殿赫然是建立在浮空之島的邊緣。

在明亮白光的照耀下，翡翠可以清楚看見神殿正門也被大量綠藤佔據。本該是巨大的門洞窟窿卻被無數植物纏繞得密密麻麻，成了一片綠牆。

在那些藤蔓之中，有一個簡易大門嵌立其中，顯然也是老布拉茨他們後來製作的，就和那些暗門一樣。

而神殿正前方的不遠處就是島嶼邊界，再過去便是無垠的黑夜延伸，再更遠則是雲層飄浮。

翡翠沒試著跑到那邊去看個究竟，他後面還跟著三頭棘刺犬，要是一不留心，可能眞的要去跟眞神面對面了。

噢不，眞神還在睡，估計也見不到面。

「斯利斐爾，幫我看一下，這島的下面是不是很深？」所以翡翠喊了最方便自由行動的眞神代理人。

「在下不用看，都能保證您摔下去的話，您所有外在優點都會消失無蹤。」斯利斐爾找了個不遠不近的距離站著，看著三頭棘刺犬張開了它們駭人的血盆大口，不由分說地朝著翡翠衝上前。

「這種時候不要拐彎抹角！」在棘刺犬撞上來前，翡翠靈巧躍上倒置在旁的石塊，手裡抓著雙生杖變化出的兩柄長刀，銀亮刀身映亮了他眼中凶悍的戰意。

「您會摔成爛泥。」斯利斐爾言簡意賅地給出回應。

「不、不、不！翠翠不准靠近那邊！」瑪瑙急得在斯利斐爾頭頂站起，隨即又被褐色大掌按壓下去。

棘刺犬不約而同地再次發起攻擊，它們企圖左右包夾，這樣就能夠各咬一邊，左手和右手由它們一塊分食。

可沒想到相中的獵物比它們想的還要身手敏捷，每每在即將接近的前一刻就先快速閃過。

甚至有好幾次讓它們撞在一塊，堅硬的鱗甲在這時候反倒讓它們嘗到了苦果。

翡翠一邊飛快閃躲，一邊觀察棘刺犬的動態，還時不時來個偷襲，這戳一下、那砍一下，比起傷害，看起來更像是試探。

經過多次試驗，翡翠意識到單憑簡單的劈砍，對棘刺犬難以造成致命的危害，最多是把它們的怒火越挑越高而已。它們那身鱗甲是個大麻煩，不想點其他辦法，恐怕只會浪費時間。

棘刺犬本就因爲始終抓不到獵物而焦躁，當其中兩頭又一次地撞一起，它們怒視彼此一眼，眼中的怒意猶如要化成實體。

就在第三頭想要擠過來、打算咬食獵物的同時，它們達成共識，粗暴地將對方撞了出去，不讓它再上前壓縮空間。

被排斥的棘刺犬試圖再上前，但隨即換來另外兩頭凶戾的怒視，還發出了恫嚇的低吼，擺明著不准靠近。

在同伴蠻橫的阻擋下，第三頭棘刺犬只好退至一旁。它放棄以翡翠當目標，低著腦袋開始四處嗅著氣味，像在尋找什麼。

「所以說……」兩柄長刀及時交叉成一個×，翡翠擋下了一頭棘刺犬的衝撞，「為什麼三頭剛都追著我過來了？我是散發飼料的味道嗎？珊瑚！」

「交給無敵厲害又超棒的珊瑚大人吧！」精力充沛的吆喝聲響起，坐在斯利斐爾左肩的珊瑚蹦跳起來，雙手交握，食指併攏，火苗在指尖前平空成形，轉眼就成了熾烈燃燒的火球，迅雷不及掩耳地襲向試圖撞開雙刀的棘刺犬。

突來的火焰砸得棘刺犬發出驚疑吼聲，它扭頭四望，卻看不到現場還有誰可以扔出這顆火球。

「您想多了，那只是您的美貌過於閃耀，把它們都吸引過來罷了。」斯利斐爾說。

「我相信我的美貌是閃閃發光，但我不相信這能把它們引過來。」翡翠吐槽，「我是很認眞地在問你，給我點合理的……算了，那你乾脆給我不合理的答案吧。」

「經過改造的奇美拉可能嗅覺更發達，雖然小精靈是在在下的身上，但它們或許還是隱約聞到了小精靈的味道。」斯利斐爾冷淡地看了眼在自己附近轉個不停、不死心四處聞嗅的一頭棘刺犬。爲免那骯髒的腦袋眞的碰觸到自己褲管，他相中了一根仍舊高聳的斷杜作爲暫時棲身的位置。

翡翠覺得這恐怕才是眞正的解答，他的一顆心頓時高高提起，擔憂起小精靈的安危。但是當他看見斯利斐爾找了一個棘刺犬碰不到的高處，不由得又放下心來，更能全心投入與棘刺犬的戰鬥。

「哇！好高！我喜歡高的地方！」珊瑚爲視野改變歡呼一聲，迫不及待地仰高頭，對瑪瑙喊道：「瑪瑙，快跟我換位置！珊瑚大人想要待在更高的地方，換我去斯利斐爾的頭上！」

「不行。」這是瑪瑙和斯利斐爾同步的拒絕。

瑪瑙的理由很簡單，「在這裡才可以看得遠，萬一翠翠不小心受傷了，我才可以立刻爲他治療。」

斯利斐爾的理由就更簡單了，他不想過動的珊瑚在他頭頂不斷蹦跳。

「好吧、好吧……」珊瑚噘著嘴，勉強接受了目前的位置分配，重新聚精會神地盯緊了翡翠與魔物們的對峙。

翡翠不是沒試著將棘刺犬往神殿大門引去，但老布拉茨他們安裝的門板厚實，遍布在旁的綠藤粗大，雖然能在上面砍出裂口，但從裂口卻能窺見其後還有層層藤蔓交錯。

眼看不管從哪方突破都不是一時半會能成功的事，同時還有棘刺犬的攻擊要防，翡翠果斷放棄入侵的念頭，先將心力放在棘刺犬上。

兩頭棘刺犬爲了不讓第三頭礙事而將它驅離，反倒降低了翡翠的壓力，不用擔心自己被逼到左支右絀。

翡翠深吸一口氣，隨後衝刺速度驀然提快，他像道雷電，主動朝著棘刺犬的方向竄躍過去。

精靈的敏捷在此刻全然發揮，快得甚至讓棘刺犬來不及捕捉到身影。

翡翠觀察過了，棘刺犬就算是肚腹位置也被鱗甲包覆，想從那裡下手只怕也是徒勞無功。

既然如此，那就直接攻擊沒有被保護的地方吧。

翡翠盯上了棘刺犬的雙眼，他如同最迅捷的鬼魅，在兩頭棘刺犬間來回遊走，爲的就是能抓到便於出手的角度。

棘刺犬屢屢欲攻擊翡翠，卻每一次都落了空。不是被翡翠俐落閃過，就是有不知從何而來的白色光壁擋住了它們的爪子或牙齒，張開的大嘴最後都只能咬到一嘴空氣。

不僅如此，時不時還會有火焰凝聚的子彈冷不防襲來。

時大時小的火焰毫不留情地砸在棘刺犬龐大的身軀上，即便鱗甲可以爲它們帶來防護，但一再的高溫灼燒仍是帶給了它們傷害及痛楚。

而一旦烈火成功在它們身上製造出傷口，就會有點點白光如流螢到來。

白光的存在一點也不顯眼，棘刺犬壓根沒有多加留意。但當白光注入體內，本來只是微小的疼痛倏地加劇，讓它們的情緒不由自主地陷入了極度暴躁。

棘刺犬越是暴怒，暴露的空隙就越多。

翡翠等到他要的破綻了。

虛晃一招，翡翠腳下猛地再加速，疾風迅雷地欺近兩頭棘刺犬之間。兩把長刀又快又狠地戳進它們眼睛，轉瞬拔出，帶出噴濺的血花，旋即反手毫不猶豫地再將刀尖捅入它們張大的嘴巴內。

刀鋒避開利齒，重重地沒入它們柔軟的口腔。

在棘刺犬痛得反射性閉緊大嘴、試圖咬斷口中異物之前，翡翠俐落抽出，身子往後大步躍退抽身。

淒厲的嚎叫劃破夜空，失去一隻眼睛，口腔內還留下深深傷口的棘刺犬們恨不得能將那名綠髮青年生吞活剝。

此刻它們徹底將老布拉茨的命令拋到腦後，背上至尾巴的尖刺一口氣亮起了光芒，幽藍和赤紅的光芒在它們身上閃爍。

「它們要使用冰和火屬性的攻擊了。」斯利斐爾提醒翡翠。

「了解。」翡翠衝向兩頭棘刺犬的身勢不停，他高喊一聲，「珍珠！」

「收到。」珍珠的指尖在空中虛畫一個圈，蓄勢待發。

等紅光和藍光來到最盛，光芒頃刻化爲實體，成了眾多的火球和冰刺懸浮在空中，隨後如暴雨般朝翡翠的位置傾洩。

珍珠早就做好準備，無論是火球或冰刺，全都接近不了翡翠，淡白色的光壁覆蓋在他身周，成爲堅不可摧的屏障。

在珍珠的結界保護下，翡翠迅雷不及掩耳地闖過漫天落下的火焰和寒冰。在棘刺犬甚至來不及反應過來的時候，碧綠雙刀已朝它們受傷的眼睛不留情地再次捅下。

這一次，刀身直接整個沒入，只留刀柄在外。

縱使棘刺犬的鱗甲再堅固，體內也是毫無防護，鋒利的刀刃穿透了它們的大腦，徹底了結它們的性命。

一直試圖找出其餘活物氣息的第三頭棘刺犬終於意識到同伴那邊出了狀況，它停下尋找的動作，抬頭看向另一方。

映入它眼中的竟是同伴們癱倒在地，一動也不動的景象。

棘刺犬一時像是愣住了，似乎難以理解自己的同伴怎會敗在獵物手中。

獵物不就是該被它們蹂躪的嗎？

而這短短的出神，爲它帶來了一場死劫。

翡翠拔出雙刀，長刀在瞬息之間轉換形態，成爲碧色長槍。

長槍脫離翡翠的手掌，像道碧色疾雷，眨眼來到了棘刺犬保持張開狀態的大嘴。

槍尖射入了棘刺犬的嘴巴，勢如破竹地一路貫穿身體，刺破它的臟腑。

死亡降臨之前，這頭棘刺犬都還沒意會過來自己身上發生什麼事。它大睜著碧綠的雙瞳，身體朝旁重重倒下。

「萬歲！翠翠贏了！翠翠跟珊瑚大人聯手一起贏了！我們最棒！」珊瑚跳得太厲害了，甚至忘記自己在斯利斐爾的肩膀上，一不留意就眞的往外跳出去。

要不是有斯利斐爾的手掌接住她，她就要從高處摔下。

「珊瑚！」瑪瑙眼角瞥到珊瑚的舉動，小臉沉下，聲音即刻注入嚴厲，「翠翠看見妳這樣，會分心的！」

珊瑚瑟縮一下腦袋，像被責罵的可憐小狗。她還是寧願看瑪瑙故意裝乖，現在這樣太可怕了，都比珍珠還要可怕了。

珊瑚的腦袋一耷拉下來，烙印在白淨皮膚上的圖騰登時格外醒目。

瑪瑙一愣，目光在珊瑚的脖子上多逗留了一會。

那是什麼？像是太陽的圖案，還有一顆紅寶石……

珊瑚的脖子後面什麼時候出現那個東西了？明明之前什麼也沒有。

瑪瑙眉頭忽地皺起，憶起不久前他們還在神殿後側時，翡翠曾露出奇妙的表情。

現在想起來……難道說那個寶石圖紋是那時候出現的嗎？

既然珊瑚的脖子上有這個，那麼……

瑪瑙伸手往頸後一摸，不出意外地也摸到了一個小小的突起，他猜應該就是寶石。

「珊瑚，妳……」坐得比珊瑚高的珍珠自然也看到了，但她話剛說出口就又嚥了回去。

「什麼？什麼？珊瑚大人怎麼了？」珊瑚不解地轉過頭。

「算了，沒事。」珍珠覺得這事也不急，現在講，珊瑚可能會分心在上面。況且斯利斐爾和翡翠都沒特別提出，就表示這個現象對他們而言沒有任何危害。

想起珂妮之前的欲言又止，珍珠覺得自己似乎明白什麼。

那時候感受到的片刻異狀，很可能就是眾人見到了他們頸後驟然浮現的花紋。

珍珠抬起頭，和瑪瑙望下來的視線對個正著，他們在彼此眼中看到一絲瞭然。

瑪瑙比比脖子，珍珠摸了自己的一下，然後點點頭，主動撩起一頭長髮，讓瑪瑙看清楚。

接著瑪瑙也朝珍珠展示自己的後頸。

「是月亮，藍色寶石。」瑪瑙說。

「是星星，綠色寶石。」珍珠說。

「什麼？什麼？什麼月亮星星？那太陽呢？」珊瑚滿臉困惑地仰望著兩名同伴，然而瑪瑙與珍珠一點也沒有要跟她解釋的意思。

太陽、月亮、星星。

瑪瑙和珍珠下意識地轉頭望向神殿的頂端，和後側一樣，正面的山形牆也是有著星日月的雕刻。

雖然沒有特殊的感覺，但是瑪瑙他們內心有種直覺，這些圖案本來就該在他們三人的身上。

見瑪瑙二人不理自己，珊瑚氣得鼓起了臉頰，但很快就把這事拋到腦後，急著想從斯利斐爾身上跳下去。

這次她肯定可以贏過瑪瑙，最快抱到翠翠的！

瑪瑙則用行動告訴她，夢想很豐滿，現實很殘酷。

「翠翠！」

珊瑚還在想著要用最帥氣姿勢跳下的時候，瑪瑙已經先行一步縱身一躍，精準地落到了翡翠的胸口前。

「翠翠。」瑪瑙快速地爬到翡翠肩側，深怕對方身上有他沒注意到的傷口，大把瑩白光點立刻從他掌心飛出來。

「瑪瑙等等！」翡翠連忙喊停，不想瑪瑙浪費魔力，「我沒事，真的……我用斯利斐爾的原形發誓！」

「在下並不想被您拿來當發誓用的代表。」斯利斐爾就像隻大貓從斷柱上躍下，鞋底觸地，卻沒有發出絲毫聲音。

「幹嘛這樣，這是我對你的……」翡翠忽然把「愛」字吞下，也成功避免斯利斐爾扣掉他未來零用錢的危機，「聽起來，好像是瑞比他們過來了？」

「是另外三個人沒錯。」成熟的男聲猝不及防地出現。

縹碧像終於看夠戲了，輕飄飄地從空中落下。原先亮如白晝的光輝也隨著他的落地而黯淡，最後只剩下幾顆銀白光球在他身邊幫忙照耀。

光球在黑暗中變得格外顯眼，也讓奔跑過來的瑞比等人一眼就能鎖定翡翠的位置。

「翡翠！」

「翡翠先生！」

在此起彼落的叫喊聲中，瑞比、珂妮和白薔薇跑到了翡翠他們身前。

「沒事吧？」瑞比上下打量翡翠一圈，最後目光定在對方完好無缺的臉蛋上，「幸好你的臉沒受傷，不然路那利要發瘋了。」

「原來翡翠先生的臉對路那利前輩那麼重要嗎？待會請交給我，我一定會努力保護好翡翠先生的臉。」珂妮握緊拳頭，向翡翠表達堅定的決心。

「翡翠，你打算如何突破進去？」白薔薇不像另外兩人偏離了話題，他望著神殿正門前的情況，逐一分析，「從門？或者利用藤蔓爬上去，從上面出其不意地進入？」

「上面的屋頂是好的。」縹碧漫不經心地潑了冷水。

「這你之前可沒說。」翡翠挑挑眉，「給的情報不齊啊你。」

「你要我看的是他們的實驗基地內部。」縹碧理直氣壯地說，「我確實告訴過你那裡面的奇美拉狀況了吧。你要是敢因爲這樣就否認我的完美……」

「是是是，你很完美。」翡翠熟練地扔出安撫，也不管在那邊懷疑自己是不是被敷衍的縹碧，他打量了被綠藤包覆的神殿，心裡迅速拿好主意。

「該來跟他們打聲招呼了。」翡翠手中長槍變回最初的形態，木頭法杖被他舉高，淡綠色的氣流以極快的速度在他面前匯集，「風系第一級初階魔法——」

「風之刃！」

第10章

密密麻麻的暗綠藤蔓不只佔據了神殿外圍，就連神殿內也四處布滿它們的蹤影。只不過曾經的神殿廢墟如今卻成了老布拉莰的奇美拉實驗基地。

日核礦提供了充足光源，將這個廣大的密閉空間映照得明亮，也讓裡面的一切盡數暴露在光芒之下。

神殿裡應該圍在四周的牆面坍塌大半，取而代之的是大量綠藤攀爬其上，像綠蛇般糾纏著，好似下一瞬會活動起來。

藤蔓一路蔓延，直到最頂的穹頂上。那裡還保留著大致完整的樣貌，只是上頭的景象被茂密葉片或莖幹層層擋住，就算仰頭向上看，也只能瞧見一片壓迫感極重的綠色。

神殿底部的牆壁立置近十個培養槽，透明壁面繪製著法陣，裡頭注滿了幽藍色液體。有的培養槽只有藍水，有的卻浸泡著外貌駭人、宛如拼裝生物般的詭異存在。

右側的牆則鋪滿了泥土，糾結纏繞的藤蔓便是從這裡長出，繼而擴大它們的生長範圍，直到將整座神殿都侵佔爲它們的領地。

曾經供奉在高處的眞神神像早已殘破得看不出原來樣貌，被當作祭壇的長形石桌如今擺滿多種魔物的身體部位。

頭顱、爪子、尾巴、四肢、犄角……簡直像擺放在桌上任人挑選的商品。

穿著白袍的十幾名研究人員在神殿內來回穿梭，他們跨過那些遍布在地面上的管線，各自忙著自己負責的工作。

除了老布拉茨，還有五名男人沒有穿著白袍。他們負責粗重工作，像是運送從慈善院送上來的肥料，或是餵養魔物，當然也包括了肥料的事先處理。

想到本該送上的肥料出了意外，還讓不知哪來的宵小溜上浮空之島，老布拉茨的眉頭忍不住皺起，但很快又鬆開了。

他聽到了模糊的慘叫。

雖然在重重綠藤的包圍下，神殿外的聲響沒辦法聽得眞切，但那些淒慘的叫聲怎麼想都只可能來自那群入侵者。

也許是他們的手或腳被咬斷了，也許是棘刺犬沒留意好力道，多咬了他交代以外的地方。

不管怎樣，老布拉茨對那些聲音都很滿意。

他抬手看了看自己的腕錶，決定過半小時後再叫手下去外頭看看動靜。不，還是十五分鐘好了，免得那些小毛賊失血過多致死。他可是還有一些問題想弄清楚的，最起碼要確定他們究竟跟羅謝教團有沒有扯上關係。

老布拉茨轉頭交代手下幾句，心情相當好地在他的王國裡巡視。

他看了看培養槽，又來到被他們當成工作桌的祭壇前，低頭過目下一次要使用的新材料。

他的身邊跟著一名研究人員，那人同樣一身白袍，但底下卻是灰色的制服，說明了本是榮光會一員的身分。

「老實說，我得感謝你們榮光會的那次意外。」老布拉茨口頭上說著感謝，可語氣卻是漫不經心，「聽說你們用來當基地的半座山都垮了。要是沒那個意外，你們幾個可就不會帶著重要資料逃到我這來了。所以……」

老布拉茨忽地抬起頭，臉上還是慈祥和藹的笑容，可眼神銳利冷酷。

「你也該老實告訴我，榮光會那時候究竟是出了什麼事了？柯薩諾．卡莫拉現在的情況怎樣了？」

在榮光會這三名研究人員跑來投靠自己的時候，老布拉茨不是沒問過他們。但他們只是支支吾吾，含糊以對他的問題，只說實驗室爆炸了，岩山坍了，他們趁亂帶著資料逃出來，最後乾脆逃到和榮光會有私下合作的慈善院這邊來了。

接下來幾天，老布拉茨打聽到冒險公會和加雅城主派人聯手圍剿瓦倫蒂亞黑市的風聲。他原本還擔心會不會波及到自己這邊，幸好奇美拉的實驗室徹底湮滅在那場爆炸引發的山崩中，抹去了慈善院和榮光會往來的證據。

投靠到老布拉茨底下的這人叫布里克，他對在哪做事或爲誰做事都沒意見，只要給他地方投入奇美拉實驗就好。

就算老布拉茨他們的實驗基地是藏在浮空之島上，他也只在剛上來時露出吃驚的表情，接著就把那些事拋在腦後，一頭加入了其他研究人員的實驗行列裡。

這些天除了忙碌於實驗外，有時他和兩名同伴也會到慈善院幫忙檢查那些被安置在大人之家的「肥料」。

聽到老布拉莰的詢問，他不知回想起什麼，表情第一次出現劇烈變動，「雪……黑色的雪……」

「黑色的雪？那又是什麼？」老布拉莰還是笑咪咪的，語氣卻浮現一絲不耐，「你先說柯薩諾．卡莫拉的事，他現在是死的還活的？」

布里克茫然地搖搖頭。他只是研究人員，在瓦倫蒂亞黑市時，幾乎整年都待在地下實驗室。他只知道出事的那天上面正舉辦拍賣會，榮光會首領自然也出席了。

然而上面到底發生什麼、爲何引發了地下實驗室的自毀爆炸，卻是全然毫無頭緒。

他只記得他和一群人急著抱著資料逃命，誰也不想死在地底下。但他們無論如何都沒想到，當他們劫後餘生地站在瓦倫蒂亞沙漠裡，隨即迎來的竟是……

老布拉莰不知道布里克想到什麼，但從對方的臉上看到了眞切的恐懼。

「有黑色的雪飄下來……」布里克恍惚說道：「然後，有人變成了灰燼……好多人都突然化成灰……」

老布拉莰咂了下舌，忍不住懷疑布里克是不是故意推托，才會開始胡說八道。

這世上哪有什麼黑色的雪？

「算了，你先去忙自己的事。」老布拉茨就算心裡不悅，也不會輕易表露出來。雖說他確實想趕緊弄清楚榮光會現在狀況，如果能趁機瓜分他們的勢力是最好的。但也不急於這一時，眼下最重要的還是來到最後關頭的奇美拉實驗。

想到自己即將培養出的完美成品，老布拉茨臉上的笑容真摯了許多，他朝另一人招手，向他確認目前的進度。

他的下屬一一回報，「經過測試，九號實驗品的穩定性還有待加強，我們現在正研究該如何讓它像棘刺犬那樣服從命令。另外，肥料不夠也是個問題，它需要的養分比預想的還要多上許多。」

聽見下屬提及「肥料」，老布拉茨眉頭皺起一瞬，隨即又舒緩開來。

「肥料啊……」他摩挲著手指，嘴角紋路彎陷得更深，「等審問完那些闖入島上的傢伙，就能把他們都餵給……」

老布拉茨的話還沒來得及說完，一道驚人響動倏地迴響在神殿內。

所有人都被嚇了一跳，反射性看向聲音的來源處。

這一看，他們不禁露出了呆愣的表情。

大門方向的綠牆被切割出一道巨大裂口，有如一張在大肆嘲笑他們的嘴巴。

「嗨，久等了。」神殿外，外貌昳麗無雙的綠髮青年朝他們露出一抹挑釁的笑。

老布拉茨的笑容第一次僵在臉上。

「攔住他們！殺了他們！」

憤怒中夾雜著緊張的大吼響徹神殿內。

老布拉茨再也掛不住笑容，原本的紳士風範也被丟得一乾二淨。

此刻的他看起來就像是一個因爲陷入盛怒，神情猙獰的普通老人。

在他的命令下，五名下屬衝了上去，其餘的研究人員則慌張地收拾資料，試圖抱著它們逃出神殿，趕往傳送室。

但瑞比可不會讓這些傢伙輕易逃掉，他飛快換了子彈，刻附著冰屬性魔法的魔紋彈飛速擊出，精準地打上暗門位置。

子彈一嵌入門板，堅硬的寒冰立刻蔓延開來，將原本能成爲逃出口的暗門全都封得死死的。

被堵住逃生之路的人們面色惴惴，只能被逼得再次退回去。

「老布拉茨先生，該、該怎麼辦！」一名研究人員在看見金髮少女一拳將人揍飛出去後，懼色無法控制地躍於臉上。

「一群沒用的東西！」老布拉茨內心不由得後悔起來，自己怎麼就只帶了這麼一點人手上來。

眼看自己派出去的下屬輕易被擊倒，剩餘的人又瑟縮得像一隻隻鵪鶉，壓根派不上用場，老布拉茨咬咬牙，躲到研究人員身後。

他利用他們的身影做掩護，再趁人不備地從大衣內抽出一柄手臂長的法杖，急促地喃誦咒語，艱澀的字句從他舌尖不斷吐出。

只要他能成功施放這個魔法，說不定就能為自己爭取到逃離此地的時間。順利離開浮空之島後，那群沒有媒介可以開啓魔法陣的入侵者，就只能被困死在上面了！

老布拉茨的主意打得很好，他的小動作也確實沒被其他人注意到。

然而這些人中，絕對不包括對魔法波動極為敏銳的縹碧。

老布拉茨的咒文已經來到後段，只要再給他一點點時間，就能成功了。

可他萬萬沒想到，自己的聲音在下一剎那竟出不來了。

老布拉茨瞪大眼，不死心地張著嘴，可吐出的依舊只有無聲的氣流。

「你在想什麼？」嘲弄的男聲冷不防出現，「你以爲你能成功？」

老布拉茨急忙扭頭尋找聲音來源，但四周都沒有符合聲音的身影，緊接著一個荒謬的猜想浮上他心頭，他猛地仰頭一看。

和老布拉茨一同找到聲音源頭的研究人員們跟著倒抽一口氣。

說話的人，竟然是在上面！

「你是什麼人！」老布拉茨脫口厲喝，數秒後才意識到自己的聲音又回來了。他當下又想再次誦唱咒文，可詭異的是，才唸出幾個音節，又無法說話了。

「呵。」看著老布拉茨像離水魚類不停張著嘴巴，縹碧好整以暇地開口，「只要你想動用魔法，你的聲音就會被我封住，消音魔法還是挺好用的。」

老布拉茨心裡大駭，他明明只看到對方的嘴唇微動幾下，一般人根本不可能在那麼短的時間內唸完消音魔法的咒語。

除非……對方身上有字符！

縹碧輕易就能從老布拉茨他們的眼神中看出他們的內心想法，他彎起譏嘲的弧度，「別傻了，難道你以爲我會用字符那種東西？你的唸咒速度不會比我快，就算你們所有人嘴巴都沒封住，也不過是一群廢物而已。喔，雖然事實是如此，但我也不會讓你有機會把咒語唸完。要是連你這點小手段都沒防住，豈不是會有損我的完美之名？」

遭到不客氣奚落的老布拉茨等人不禁臉色青白交錯，卻在瞧見縹碧身姿變得半透明時露出愕色。

那不是人，是亡靈！

難道說……那群入侵者當中有人是亡靈法師？

可無論老布拉茨他們此刻心裡在想些什麼，都無法挽回他們必敗的局面。

縱使老布拉茨這邊人多，但扣掉平常負責做粗活的那幾個人，剩餘的都是瘦弱的研究人員。

就連老布拉茨都被縹碧扼止了動用魔法的可能性，一旦發不出聲音唸咒，那他這個魔法師也不過和常人無異。

培養槽裡的幾頭奇美拉都還處於實驗前期，別說是戰力了，這時候一旦將它們放至培養槽外，就只有死路一條。

如今那些培養槽正被白髮少年和銀髮男人毫不留情地破壞，奇美拉的下場自然不言而喻。

被派出去的五人全都倒在地上，而造成這一切的，只不過是看似纖細又手無縛雞之力的金髮少女和綠髮妖精。

目睹這一切的老布拉茨目眥欲裂，他五官扭曲，面頰漲紅，雙眼布滿了無數血絲，難以接受多年來的心血，就這樣毀於一群不知從哪裡冒出來的入侵者手上。

他滿心不甘，怒意和憤恨如大火席捲，吞噬了他的理智，讓他不管不顧地撞開了身邊人，衝向栽種藤蔓的右牆前面。

縹碧沒把老布拉茨的這個行動放在心上，反倒任憑對方衝了出去。

對他來說，不管老布拉茨打什麼主意，他都不可能讓對方有機會使出任何魔法。

那名老頭不過是在做著垂死的掙扎罷了。

「縹碧，抓住他！」翡翠從眼角餘光瞥見老布拉茨的動靜，直覺不妙，他可不認爲老布拉茨會做無用的事。

翡翠清楚地明白一件事，永遠別小看要做出最後反撲的敵人。

但就算翡翠及時做出補救，還是來不及阻止老布拉茨的行動。

老布拉茨的手裡出現一管針筒，裡面盛裝的是螢光藍的液體。

「老布拉茨先生，不可以！九號還不穩定！我們還沒找到控制它的辦法──」看清老布拉茨手上的東西，布里克發出慘叫，與同是從榮光會逃出的同伴試圖撲向對方。

但老布拉茨手上的針筒已經戳進了藤蔓。

瑞比迅速開槍射擊，子彈精準地打中了老布拉茨的手，在他的掌心開了一個洞，擴散的寒冰一下就把那隻手凍封住。

針筒從老布拉茨手上掉落，裡面的能量液已經全空了。

「你做了什麼！」瑞比馬上將槍口對著老布拉茨，神色狠戾。要不是還記著得將這人押回去交予教團，他早就轟爛了對方的腦袋。

老布拉茨只是揚起了傲慢的笑容，看著瑞比他們的眼神像在看著不足爲懼的螻蟻。

「你瘋了嗎!?」布里克這時也顧不得老布拉茨的地位，又驚又怒地抓住了對方的衣領，那神情就像是巴不得將對方生吞活剝一樣，「你會害死我們所有人！」

「九號會聽我的話，就跟那些棘刺犬一樣！」老布拉茨眼中充滿狂熱，失了理智的他早就將下屬先前的報告拋到腦後，「你們這些無知愚蠢的傢伙，就等著死後去後悔今天所做的一切吧！」

在老布拉茨的大笑聲中，神殿突然產生異常晃動。

不，是那些組織成綠牆的藤蔓們在顫動，它們就像是在這一刻醒了過來。數也數不清的綠色在蠕動，它們發出沙沙聲響，宛如成千上萬的毒蛇緩緩爬行。

所有研究人員神情劇變，他們驚惶失措地試圖遠離右牆。

就連方才還氣急敗壞質問老布拉茨的布里克也慌了手腳，加入逃竄的隊伍。

「是九號！九號醒過來了！」人群中發出尖叫，「完蛋了……一切都要完蛋了！」

「閉嘴，你們這些沒用的東西！我們可是九號的創造者，你們應該慶幸才對，它將會替我們把敵人全都鏟除掉！」老布拉茨振臂疾呼。

但研究人員全急著逃跑，誰也沒將他的話聽進耳中。

老布拉茨正要冷笑一聲，眼中的傲慢倏然轉成不敢置信。他低下頭，看著不知何時出現在自己身上的植物。

藤蔓就像一條毒蛇緊緊纏勒住老布拉茨的腰間，接著猝然收緊。

只聞「卡嚓」一聲響，他雙眼瞪大，眼珠像要突出一樣，驚懼的神情永遠定格在他的臉上。

事情僅發生在須臾之間，快得來不及讓人防備。

更多藤蔓伸了出來。

「大家小心！」翡翠高聲警告。

「操他媽的！這又是什麼鬼東西！」瑞比不加思索地扣下扳機，但他的子彈只能凍住一條藤蔓，無法阻止接連湧出的綠藤。

「瑞比前輩，不要硬碰硬啊！」珂妮急忙衝過來，拎住瑞比的後領就往後跑。

瑞比差點咬到自己的舌頭。

藤蔓在神殿裡大力舞動，四處搜捕獵物，充滿生命氣息的存在全是它們的目標。

要是動作稍慢，轉眼就會被捲住身軀，然後奪走性命。

越來越多研究人員被藤蔓抓住。

那些暗綠植物輕而易舉地就捲住了這些平時沒什麼鍛練的人們，一把將他們提拉到空中，慘叫聲此起彼落地在神殿內響起。
然後又有數條藤蔓伸出來，它們的末端霍地改變形態，轉變成了在翡翠看來如同是豬籠草般的捕蟲籠。
那些被纏住的人轉眼就被扔進捕蟲籠裡面，籠蓋蓋上，接著就聽到類似咀嚼的聲響透出。
翡翠他們可以看見那些接連著捕蟲籠的莖幹在不停地一脹一縮，簡直就像在把捕蟲籠裡的養分輸送出去。
不到片刻，實驗基地的人就被他們創造出的實驗品吃得一乾二淨。
似乎是吞夠了食物，所有在空中舞動的藤蔓霍地收回，靜靜地融於綠牆當中。
一切似乎趨緩下來，但在翡翠他們眼中看來，更像是暴風雨前的寧靜。
「瑞比，你還有火屬性的子彈嗎？」翡翠握緊雙生杖，「趁現在。」
「知道了。」瑞比摸了一把口袋，咂了下舌。子彈數量不多了，但好在還有火屬性的。
「珊瑚大人也要！這種場合，一定要厲害的我來啦！」珊瑚迫不及待地舉高雙手，火元素轉眼凝結出熾烈的火球。

瑞比裝填完新子彈，即刻對著不動的藤蔓開了兩槍。

珊瑚同時將火球猛力朝前扔去。

「風系第一級初階魔法——」翡翠握緊雙生杖，淡綠氣流浮現身前，「風之刃！」

魔紋彈和兩道魔法不客氣地擊中藤蔓，然而後者受到的傷害卻比翡翠他們預料的還要小上太多。

本該能將目標燒成焦炭的火焰竟只在表面留下焦痕，更不用說風刃居然沒有順利將目標切斷爲兩半。

「怎麼會！」珂妮失聲喊了出來。

「是抗魔屬性。」有兩道聲音不約而同地說道。

翡翠等人望向斯利斐爾與縹碧。

「斯利斐爾，什麼意思？」翡翠問道，心裡卻有種不妙的預感。

當斯利斐爾開口，那份預感被證實了。

「它們現在有了抵抗魔法的屬性。換句話說，魔法對它們造成的傷害程度將會降低許多。」斯利斐爾一把按住滿臉不服氣，想要再扔出更多火球的珊瑚，「依目前的狀況，您恐怕必須使用第二級以上的魔法才能產生效用。」

「等等，你說『目前』又是什麼意思？」翡翠只覺事情似乎更不妙了。

「它還在變異。」斯利斐爾言簡意賅地說，「顯然吞完飼料後將會達到完全體。」

斯利斐爾這句話猶如一聲警鐘，重重地敲響在翡翠他們的心頭。

就在下一瞬間，原先蟄伏不動的植物群突生異狀，除了右牆上的藤蔓以外，攀爬在其他牆面或穹頂上的藤蔓突然間急速枯萎。

它們一口氣從暗綠變成了灰褐色，飽滿的莖幹像被抽乾液體，成了乾癟癟的條狀物，緊接著「嘩啦啦」地坍垮下來，宛如一場突來的驟雨。

要不是翡翠他們閃避得快，只怕就要被淹沒在那些枯藤當中。

原本被纏得密不透風的神殿頓時變得門戶大開，矗立在神殿外的斷柱和林木抬眼可見，就連穹頂和斷牆上被遮蔽的紋路也一覽無遺。

但翡翠等人的注意力此時都被面前的景象攫走，如今呈現在他們視野中的，不再是盤曲纏繞的暗綠植物。

捲曲的藤蔓盡數化成灰色黏膩的粗大觸鬚，葉片則成了一隻隻蒼白的人類手臂。

而在觸鬚與手臂簇擁的中央，赫然是一團宛如巨大肉塊般的存在。

暗紅的肉塊看似笨重腫脹，表面附著血管般的存在，下半部延伸出多條細根埋沒在土壤裡。

然後它張開了眼睛。

無數隻黝黑眼睛出現在它的身上、觸鬚上，以及手臂上。

接著它張開了嘴巴。

無數張布滿細密利齒的嘴巴出現在它的身上、觸鬚上，以及手臂上。

那超乎常理的模樣，比起魔物，更像是一種……怪物。

那就是，老布拉茨口中的九號。

駭人的龐然大物驟然間發出了咆哮。

每一張嘴巴都發出尖銳的嘯聲，形成一陣音波攻擊。

首當其衝的就是感官最敏銳的翡翠和小精靈們。

其次就是地兔族的珂妮。

「呀啊！」珂妮下意識蓋著雙耳，卻忘了頭頂上還有兩隻兔耳朵，那才是眞正受到刺激的部位。

「妳這白痴！」瑞比粗魯地將珂妮扯過，拎住她的後領就是往神殿外面跑，「這時候不知道躲遠一點嗎？」

「斯利斐爾，把瑪瑙他們帶走！」翡翠在腦內對斯利斐爾喊道，自己也咬牙忍住音波造成的劇烈頭痛，拔腿跟著往外衝。

「珊瑚大人的耳朵要壞掉了！」珊瑚用力摀著雙耳，像是不甘示弱地用力大叫。但她的聲音和九號的音量相比，太過微弱，一下就被覆蓋過去。

瑪瑙和珍珠白著小臉，雙手緊緊地壓著尖耳，就連分出餘力守護翡翠也做不到。

「你們到背包裡面去。」斯利斐爾眉頭微蹙。

「不！」瑪瑙擠出細弱但堅定的拒絕，金眸毫不退讓地直視著斯利斐爾。

珍珠沉默地搖搖頭，用行動表明了她和瑪瑙的立場一樣。

他們絕對不要讓翡翠獨自戰鬥，他們還要成爲翡翠最強力的後盾。

見到獵物逃離，九號立刻舞動灰色的觸鬚，上面的手臂紛紛朝著翡翠他們抓去。

聽見動靜的翡翠扭過頭，忍不住想罵聲髒話。

即使來到異世界後看過許多超乎想像的存在，但眼下的這一幕，根本活像是恐怖片現場。

「翡翠，小心！」察覺到一條觸鬚貼著地面朝翡翠襲來，白薔薇及時將人一扯。

可沒想到那條觸鬚上的嘴巴猛地又爆發出一陣吼叫，近距離的音波讓翡翠身形一個不穩，速度跟著慢了幾分。

倘若不是白薔薇眼疾手快地抽出翡翠手中的雙生杖，猛力戳進了觸鬚上的一隻眼睛，逼得對方慘叫退縮，恐怕觸鬚就要成功捲住翡翠的小腿。

「那些聲音對你沒影響嗎？」翡翠抹去額角滲出的冷汗，接過白薔薇遞回來的雙生杖，感覺腦袋內似乎還留著尖叫迴盪。

「我體質特殊。」白薔薇淡淡一笑。

翡翠也沒有要繼續追問的意思，現下可是有更重要的事等著他們處理。

散布的日核礦仍在盡職地散發光芒，同時也將九號猙獰恐怖的外貌勾勒得更清楚。

盤踞在神殿內的九號雖然沒有移動身軀——也可能是它無法移動——但更多的觸鬚卻跟著追了出來。它們靈活地在暗夜下舞動，猶如一隻隻張牙舞爪的灰色大蛇。

它們的速度有快有慢，但目標一致，那就是翡翠一行人。

「大家小心！想辦法先剁了那些觸鬚或手，降低九號的戰力！」翡翠手裡的雙生杖轉換成兩把碧色長刀，「縹碧看情況支援！瑪瑙、珍珠、珊瑚先保護好自己！」

「眞麻煩。」縹碧嘴上這麼抱怨，但他的身軀已從半透明轉爲實體，這讓他也成爲了被觸鬚鎖定的目標之一。

「不想再發生剛那種蠢事，就把妳的兔耳收起來。」瑞比扔開珂妮，快速盤點自己目前的魔紋彈。以冰屬性和火屬性爲主，但九號擁有抗魔能力，這些子彈恐怕一時間難以帶給它太大的創傷。

瑞比咂下舌，乾脆收起槍，從外套內側抽出總是隨身攜帶、但比起槍來說更少派上用場的刀子。

珂妮揉揉發疼的兩隻兔耳，再猛力一拍臉頰，耷拉在兩側的黃褐色兔耳登時消失無蹤，此刻的她看起來就和普通少女沒什麼兩樣。

珂妮看看自己的手，再看看那些滑膩又嚇人的觸鬚，忽然有些後悔沒帶手套過來。

「珂妮，幫我一個忙。」白薔薇不知何時來到她身邊。他和珂妮一樣，都是屬於赤手空拳的作戰派，但如今的局面有武器在手顯然會更合適，「棘刺犬的爪子或背上的刺，折一根下來給我。」

珂妮眼睛一亮。對啊，我怎麼沒想到這個辦法！

「沒問題，我很快就回來，你先設法撐住！」珂妮拋下話，旋即飛速竄走。

白薔薇的視線緊鎖追尋而來的觸鬚，身姿靈活地一再閃躲。斷柱和石塊都成爲他的防護，雖然身上仍不可避免地陸續增加傷口，但至少避開了那些足以造成重傷的攻擊。

當一根觸鬚殘暴地擊上一根柱子，將柱面打得崩裂，白薔薇壓低身勢，趁機撲向了對面的另一根觸鬚。

觸鬚上的眼睛發現了他，多張嘴巴發出長嘯，多隻蒼白的手臂爭先恐後地抓向他，試圖將他撕成碎片。

白薔薇眼眨也不眨，似乎那些音波對他起不了太大的效用，他抓住其中一隻手臂，竟是徒手將之狠狠撕扯下來。

鮮血噴濺出來，濺上白薔薇白皙的臉頰。

那張秀麗清雅的面孔在染上血腥後，竟呈現出詭異的冷酷。

失去一隻手讓觸鬚顯得暴怒，它驟然一個扭轉，和其他同伴一同圍攻向白薔薇。

爲了閃躲其中一方，白薔薇無暇顧及到自己腳下，結果竟被觸鬚找到了空隙，猛地纏住他的腳踝，將他整個倒吊起來。

眼看一身黑衣的白髮少年就要被大力砸至地面，他反應飛快，身軀在極短時間內做出不可思議的扭轉。

白薔薇反手抓住觸鬚末端，雙手一使勁，硬生生將對方撕開了一道裂口。雖然沒辦法一口氣扯斷，但這樣的傷勢也足以讓觸鬚鬆開箝制的力道。

白薔薇從高空墜下，在泥土地上砸出了沉悶的聲響。

換作是一般人，起碼要好一陣子才有辦法爬起來。

但是白薔薇宛如感受不到疼痛，一下就撐起身子，恢復爲站姿。

他抹去臉上沾到的髒污，銀色眼瞳如同玻璃珠，清楚倒映出那些觸鬚醜惡的模樣。

白薔薇輕吐出一口氣，他可不希望把自己弄得太破爛，不然黑薔薇會難過的。

第11章

九號將自己的觸鬚分成了好幾部分，分別追逐不同的目標。

觸鬚上的手指朝著周圍不斷撕扯，凡是它們經過之處，都被蹂躪成一片。

九號的感知明顯比先前那幾頭棘刺犬還要敏銳，即使斯利斐爾具備著特殊體質，但它的觸鬚還是能大致感應到三名小精靈們的存在。

斯利斐爾很快就觀察出來，只要生命氣息越強，吸引到的觸鬚就會越多。所以倘若他帶著小精靈們和翡翠待在同一處，只會引來更多敵人圍擊。

而一旦多根觸鬚聚集一起，它們又會先攻擊存在感最強烈的翡翠，這將使得對方越發陷入險境。

瑪瑙他們也意識到這個狀況，三張小臉上布滿焦慮。

「在下會引開一部分。」斯利斐爾當機立斷地遠離翡翠。

果然他一拉開距離，本來重重包圍翡翠的觸鬚們立刻有部分被轉移注意。

爲了確保小精靈們的安全，斯利斐爾將瑪瑙從頭頂拿下，塞進自己外套的口袋內，珍珠則是被安置在他的衣襟處。

珊瑚緊巴著斯利斐爾的肩膀不放，說什麼都不想進去，「在外面才方便用咻砰磅的攻擊，不然珊瑚大人沒辦法好好發揮的！」

「那就抓好在下的衣領，別鬆手。」斯利斐爾沉聲說道。他張開手指，掌心前銀光閃耀，眨眼間一把寒光凜凜的長劍被他握至手中。

面對多根觸鬚挾帶凌厲風聲而來，斯利斐爾出劍俐落，一劍就朝觸鬚上的多隻手臂揮斬過去。

蒼白的手臂接連掉落，在深黝的土地上猶如蠕動的白色蟲子。

「咿！好噁心！」珊瑚皺著小臉，不客氣地對著地面上的手臂連續擊發多枚火焰子彈。

或許是脫離觸鬚的關係，那些手臂的抗魔屬性大幅降低，先前只能在藤蔓上留下焦痕的烈火，這一次順利地將手臂盡數吞噬。

斯利斐爾沒有將心思分給被他斬落的東西分毫，他緊迫盯人地繼續追擊那條失去不少手臂的灰色觸鬚。劍鋒迅雷不及掩耳地劃過，多顆骨碌骨碌轉動的黑眼珠登即噴出鮮血，緊接而來的是觸鬚上的嘴巴發出痛苦嚎叫。

那些高分貝的聲響爲小精靈帶來不適，但對斯利斐爾不產生影響。

他面不改色地持續進逼，伴隨著冷光如雷電一閃，揚起的長劍轉瞬沒入觸鬚，接著毫不留情地重重斬下。

瑪瑙恨不得自己能早一點回到翡翠身邊，可他也明白如今的狀況對翡翠才是有利的。他深吸一口氣，強迫自己把視線專注在那些蠕動不休的觸鬚上。

一見到斯利斐爾削去多根觸鬚，瑪瑙迅速地集中心力，點點白光匯集在他雙手前，下一剎那全數竄向觸鬚的切面處。

瑪瑙精準地控制自己的力量，惡化程度沒有過高，但也爲那些觸鬚帶來了燒灼般的刺痛。

珊瑚本來想弄個聲勢浩大的大型火焰彈，然而雙手剛舉起，就聽見珍珠輕飄飄的嗓音從底下傳出。

「這時候太用力的話，魔力很快會用光，然後妳就必須回到包包裡面睡覺了。」

「什麼？珊瑚大人才不要！」珊瑚連忙收斂火勢，改發射拳頭大小的緋紅烈焰。

火焰子彈朝四面八方射出，包裹上受創的觸鬚，凶悍火勢一下將它們團團包圍住。

觸鬚感受到劇烈的疼痛，甩動幅度猛然加劇，可同時也失去原先敏銳的感知力。它們就像一時找不到斯利斐爾和小精靈身處何方，只能胡亂朝空無一人的位置瘋狂拍打。

高溫將觸鬚燙得焦黑脆化，失去手臂似乎讓它們的抗魔屬性也跟著消失泰半，斯利斐爾的長劍緊跟著補上不留情的一擊。

隨著更多觸鬚被斬落於地，斯利斐爾也將他這邊的發現傳給了另一端的翡翠。

「大家注意——只要砍了那些手，那些觸鬚的抗魔屬性就會變低，就能再利用魔法攻擊了！」

當翡翠拔高的嗓音在夜色底下迴響的時候，珂妮正在尋找棘刺犬的屍體。

她記得翡翠先前擊倒的棘刺犬離神殿最近，很快她就找到了自己的目標。

失去生機的棘刺犬橫躺在地，致命傷口內依舊汩汩淌滲著鮮血，將附近的土地染得濕潤。

珂妮比較了下棘刺犬的爪子和尖刺，果斷選擇長度更勝一籌的後者。她雙手抓住其中一根利刺，使勁扳折，利刺頓時應聲而斷。

珂妮抱著兩根尖刺往回跑了一段路，忽地又煞住腳步。她想起縹碧跟瑞比，覺得他們說不定也會需要武器，因此馬上跑回去再多折了兩根。

事實證明珂妮的未雨綢繆是正確的。

當她抱著數根尖刺快步跑回戰場，映入眼中的便是瑞比一刀剁下觸鬚的一隻手臂，可另一條觸鬚迅速纏繞上來，捲住了他的小腿，猛力將他擲甩出去。

「瑞比前輩！」珂妮連忙鬆手，腳下大力一蹬，快如脫兔地奔向瑞比墜落的位置。

但瑞比還是撞上了後方的斷柱，強勁的衝撞力讓他面色一白，感覺五臟六腑像要翻騰一圈。

珂妮極力伸長雙手，總算在瑞比墜地前及時接住了人。

「瑞比前輩，你沒事吧！」珂妮憂心忡忡地把人放下來。

瑞比咳了一聲，凌厲地瞥了一眼過去，「少廢話了，還不快點去找那個白色的傢伙，他不是還在等妳的東西？」

「那瑞比前輩你自己多加小心，千萬別死了，不然我以後怎麼找路那利前輩！」珂妮留下一根尖刺，轉身又竄進了另一邊的樹林裡。

瑞比揉揉胸口，感覺有點胸悶，剛剛撞擊的疼痛還殘留不散，但他很快就把這份痛楚扔到腦後。

他收起短刀，快速將珂妮留下的尖刺拾起，將近臂長的銳器比起他的刀更適合眼下局勢。

他看著那幾條圍上來的灰色觸鬚，露出了狂戾的笑容。

該來準備收割那些礙眼又煩人的手臂了！

珂妮腳程飛快，沒多久就發現白薔薇的身影。

白髮少年正稍嫌狼狽地躲避四根觸鬚的追擊，他的黑衣出現多道裂口，就連帽子也被扎穿一個大洞，破爛地躺在地面。

「白薔薇先生！」珂妮大喊一聲，連忙拋出一根棘刺犬的尖刺。

白薔薇回過頭，一把接住從天而降的武器。

有了合適的武器在手，白薔薇總算可以展開更凶猛的攻擊。

即使他先前能夠徒手撕扯下觸鬚上的手臂，但對他而言仍屬效率低下。如今手握尖刺，一次就能削掉多隻。

「白薔薇先生，你還好嗎？」珂妮眼含擔憂，畢竟白薔薇的頭髮、臉龐，還有暴露在衣外的皮膚上，沾到的鮮血量實在太多了。

假使不是他身穿黑衣，恐怕早已看起來像個血人。

「這些都不是我的血。」白薔薇笑容清麗。

「我來幫你吧！」就算針對白薔薇的觸鬚數量較少，但比起瑞比，珂妮更擔心這名外表纖細柔弱的少年。

畢竟在珂妮心裡，瑞比有時候是個討人嫌的前輩，但也是可靠、值得信賴的前輩。不管是再怎樣危急的狀態，他總是有辦法成功擺脫險境的。

珂妮心中是這麼想的，身體也在白薔薇回答前率先展開了行動。

她將棘刺犬的尖刺當成長刀揮舞，謹記著翡翠的交代，專門針對觸鬚上那些像白蛇般蠕動的手臂。

珂妮驚人力氣配合手中的武器，將「暴力」兩字發揮到極致。

一隻隻手臂從觸鬚上掉落，它們在地上掙扎，然後被珂妮重重地一腳碾踏過去。

「嗚啊啊，我一點也不喜歡這觸感……」珂妮哭喪著臉，但無論是手上或腳下的力道都沒有因此收斂。

有了珂妮的幫助，白薔薇應付這些觸鬚更加沒有壓力。

可過不了多久，他就察覺到不遠處有更多觸鬚如粗大的灰蛇飛快匍匐竄來。

「九號的觸鬚太多了，就算處理完這一批，很快又會有新的過來。」白薔薇即使是經過劇烈的戰鬥，呼吸也不曾出現紊亂，甚至連臉色也沒有浮上任何潮紅。

在珂妮看來，白薔薇簡直像尊漂亮的人偶，假如他不說話地站在一旁，她說不定眞的會錯認。

「那……那怎麼辦……」珂妮喘著氣，踹開一條想逼近的觸鬚，尖刺再粗暴地往旁邊劈砍。

就算不斷地遭到珂妮和白薔薇的聯手擊殺，那些覆滿黏液、外貌醜陋的觸鬚依舊前仆後繼地往他們這邊靠過來，彷彿要鋪天蓋地地侵佔他們全部視野。

「等等，數量是不是變多了？」珂妮驚呼出聲，也察覺到事態不太對勁。

「恐怕是我們聚在一起，反而吸引了它們過來。」白薔薇冷靜判斷。

珂妮短促地抽口氣，臉上閃過一絲惶然。她沒想到留下來的這個決定，反倒會引來更多敵人。

「我們得有人設法進去神殿，直攻九號的本體，否則這些觸鬚只會沒完沒了。」白薔薇迅速做出分析。他很清楚自己不會是負責進攻的那個，他的攻擊方式對九號只怕難以造成致命的傷害，「珂妮，妳去找翡翠，憑妳的力氣可以把他送進去吧。他和縹碧都能使用魔法，只要我們砍落更多手臂，就能爲他們降低九號的抗魔力。」

珂妮一愣，緊接著領悟過來白薔薇的用意。她的確可以用某種方法快速送翡翠進入神殿，現場恐怕也只有她能做到。

「我明白了。」珂妮點點頭，拔腿就準備往翡翠的方向跑。

可沒想到一條灰白色的觸鬚疾速揮來，眼看那些張伸的手指就要抓住珂妮，咧開的一張張嘴巴就要啃噬她的血肉——

千鈞一髮之際，是白薔薇替她擋下了攻擊。

「白薔薇先生！」珂妮瞳孔收縮，目睹白薔薇的右手遭到啃咬。

「快去！」白薔薇好似沒有感受到痛楚，他加重語氣，神色凌厲。

珂妮直到這時才發覺到，白薔薇就算負了傷也沒有滲出鮮血。她瞪大眼，好像終於意識到對方根本不是她以爲的人族。

不可能有人受傷不會流血的。

不可能有任何生物受傷不會流血的。

珂妮的茫然只有一瞬，她咬咬牙，毅然決然地踏出步伐，然後越跑越快，那狂奔的姿態彷彿要把心中堆壓的情緒都發洩出來。

「翡翠先生！」

珂妮的叫喊聲劃破了夜色，進入翡翠耳中。

翡翠一刀削斷想偷襲他的灰色觸鬚，飛快扭過頭，睜大的眼中倒映出金髮少女像炮彈橫衝直撞的模樣。

「珂妮？」翡翠驚訝地看著珂妮如同大兔子竄上石堆，再猛然躍下，揮出的棘刺犬尖刺替他劈斷了另一根觸鬚上的手臂，「妳怎麼……」

猝不及防間，又一條蟄伏的觸鬚驟然暴起，從表面生長出的手臂張開了多張嘴巴，凶暴地撲咬上翡翠無意間暴露的空隙。

假如不是縹碧直接讓自己凝實的身體擋在前面，代替翡翠接受啃咬，恐怕翡翠現在就要面臨血花四濺的下場。

「翡翠，你最好專心點。」縹碧身形瞬間虛化，讓以爲自己逮到一隻獵物的觸鬚咬了一個空。後者一時有些茫然地停住，似乎不明白到嘴的獵物怎突然消失了。

「抱歉，還有謝了。」翡翠坦率地接受指責，迅速把注意力從珂妮移轉回敵方。

粗長滑膩的觸鬚高高昂起，如同揚高腦袋、居高臨下審視獵物的大蛇。

下一秒，那些形如畸形大蛇的灰色觸鬚疾風驟雨地竄射出去，它們圍著翡翠、縹碧還有新加入的珂妮，在觸鬚上舞動的手臂猶如恐怖的白色蟲子。

珂妮將一根尖刺拋給縹碧，卻被對方直接無視。

她也不在意，專注揮動自己手上的尖刺，試圖往翡翠靠近，可同時也吸引更多的觸鬚圍靠過來。

翡翠的雙刀迅如銀雷，凡是刀鋒所到之處，皆帶出一蓬蓬四散的血花。

蒼白的手臂接連從觸鬚上剝離，一隻隻砸在了地面上。

翡翠無視那些尚在掙扎的手臂，毫不猶豫地猛力踩踏而過，主動逼向了此時離他最近的肥碩灰鬚。

卻沒想到對方的末端竟無預警地撕裂成多瓣，裡頭是多層尖利得能輕易咬碎血肉的牙齒。

「翡翠先生！」珂妮驚呼，還沒等她飛躍過去救援，就見到翡翠當機立斷將長刀化爲碧綠長槍，對著那張駭人大口用盡全力揮擲出去。

目睹這一幕的縹碧高速詠唱咒語，「炎系第一級初階魔法——炎槍！」

先是一枚紅點出現在翡翠的長槍上，接著赤紅的烈火飛速纏繞在長槍外側，挾帶凌厲氣流，在黑夜下呼嘯而過，直沒觸鬚的血盆大口裡。

失去部分手臂讓觸鬚的抗魔能力跟著降低，炎系魔法在它體內肆虐，甚至沿著它的身體持續往前鑽湧，直到來到它和其他觸鬚的連結點。

縹碧似乎隨時掌握了魔法的動向和變化，當炎槍的攻勢轉弱，又一道咒語滑出他的舌尖。

「炎系第一級初階魔法——燎原火。」

本來出現頹勢的火焰須臾壯大起來，熊熊烈火狂肆地燃燒著，火焰一下就穿透了觸鬚的表面，連帶相連在一塊的觸鬚都跟著遭到波及。

「翡翠先生！」瞧見多條觸鬚陷入火勢，珂妮一個箭步衝至翡翠身邊，「我送你進去神殿裡面，九號就拜託你和縹碧先生了！」

「送我進去？」翡翠還沒反應過來，雙手就被珂妮一把握住。

「該不會」的念頭剛閃過腦海，翡翠就被珂妮接下來的動作驚得一口氣卡在胸腔。

個子嬌小纖弱的金髮少女抓著他快速轉了幾圈，然後利用強大的離心力，再配合地兔族驚人的怪力，一口氣將他往神殿方向猛力一拋。

翡翠連驚呼都來不及發出，整個人如同彈射出去的炮彈，從高空飛越過底下盤根錯結的灰白觸鬚，毫無窒礙地進入了神殿當中。

翡翠的出現太令人措手不及，直到他重重摔落在地，掉進層層堆疊的枯藤中，九號儼然都沒意識到發生什麼事。

雖說有大量的枯藤減緩了衝力，但翡翠還是撞得身體發疼。他強按下痛楚，揮開身邊的枯藤，迅速翻身站起，手裡抓住回到他身邊的青碧長槍。

他揉按著隱隱作痛的頭部，可沒想過珂妮竟是用這種方法送他進來。

九號終於反應過來有獵物主動到它眼前送死。

它觸鬚蠕動，那盤曲在一塊的樣子猶如成千上萬的巨型蚯蚓，令人看了不由得頭皮發麻。

九號沒有將隻身前來的翡翠放在眼裡，在它看來，這渺小脆弱的獵物連一分威脅性都沒有。

它張開無數張嘴巴，像是懶洋洋地打著呵欠，可衝出口中的卻是震耳欲聾的吼叫。

無形的強勁音波瞬時衝擊向翡翠，逼得他險些站不穩身勢。

數條沉重碩大的灰色觸鬚猝然橫掃過來，翡翠強行忍住不適，驚險地在神殿中飛奔閃躲。

可有一條觸鬚格外狡猾，它躲藏在枯藤底下蜿蜒前進，一下就追至翡翠腳邊，在翡翠心力放在其他觸鬚的時候，猝不及防竄出，緊緊纏裹住他的小腿。

翡翠立刻感到自己的左腿傳來一陣椎心刺骨的疼痛。

危急之際，他將長槍轉變成雙刀，一把迎擊向面前觸鬚，另一把則迅速猛烈地朝左腿外削下。

思及縹碧先前的示範，翡翠集中魔力，「風系第一級初階魔法──風之刃！」淡綠氣流平空湧出，如漩渦快速旋轉，眨眼就分成兩股，凶暴地席捲向灰色觸鬚。失去白色手臂的觸鬚被俐落斬成兩半。

喪失大半的抗魔屬性，對觸鬚而言無疑等於是失去堅強的防護力。似乎沒想到弱小的獵物居然能夠反擊，九號被激怒，這一回的音波攻擊更加激烈。饒是翡翠再怎麼能忍受痛楚也還是被嚴重影響。他頭痛欲裂，臉色慘白，豆大冷汗頻頻冒出。

九號指揮著其餘觸鬚捲住翡翠的身體，長刀被迫從翡翠手中滑落。

暗紅的肉塊裂開眾多嘴巴，它們的嘴角向兩側越裂越大，進而接連在一起，形成了一張讓人毛骨悚然的大嘴。

九號決定親自吃掉這個獵物。

翡翠只覺全身骨頭都像要被勒斷，他咬緊牙根，讓全身的魔力都流向魔力槽，曾經撕毀瓦倫蒂亞奇美拉的咒語已來到他的嘴邊。

「風系第三級——」

就在這一剎那，遺落在地的長刀被一股力道托起，旋即如疾風迅雷飛出，劈向了觸鬚上的多隻手臂。

翡翠愕然地瞪大眼，接著便聽見熟悉的清冽嗓音響起。

「炎系第一級初階魔法——燎原火。」

熾烈的鮮紅火球從天而降，並從中再一分爲二，二分爲更多。大部分撲向了捲住翡翠的那幾條觸鬚，還有一部分是衝進九號大張的嘴巴內。

很顯然，抗魔屬性的降低不單影響了觸鬚，就連九號本體也不例外。

被迫吞下火球的九號發出了尖嚎，聽起來宛如獸類負傷的吼叫，綑綁著翡翠的觸鬚也反射性蜷縮撤退。

翡翠從高處直直墜落，在他試圖扭身好改變落地姿勢的時候，一雙半透明卻結實的手臂在半空中將他穩穩接住。

「你看起來可真糟。」縹碧抱著翡翠落地。

就如縹碧所說，擺脫觸鬚的翡翠渾身上下都是傷口，血液染紅他的衣物和皮膚，看上去讓人怵目驚心。

「還活著就行。」翡翠拿回長刀，不管自己狼狽的模樣，提刀再次迅猛衝刺。

「真是麻煩的主人。」縹碧踩著不疾不徐的步伐跟在翡翠身後，但每一步都沒有落在地面上。他在虛空中前進，精準地配合翡翠的行動施展魔法。

每當一條觸鬚的手臂被削落大半，傷害性強烈的炎系魔法就緊接著追上。一再被高溫和烈焰焚燒，讓九號控制不住地陷入了狂暴。

它的觸鬚甩動得越發激烈，周圍的一切都被它毫不留情地破壞。

本就殘破的神殿更是被蹂躪成一片狼藉，斷垣殘壁被粗暴地毀損。中央的石桌亦是難逃波及，蛛網般的裂痕一下擴展。經過多次觸鬚的揮撞，不論是桌面或桌腳都龜裂得越來越嚴重。

翡翠的目標鎖定九號本體，也就是那個碩大笨重的暗紅肉塊。他無法判定何處是九號的致命弱點，乾脆將對方全身都納入攻擊範圍。

「風系第三級中階魔法——萬鏡風暴！」

然而四周卻沒有發生變化，反倒是九號的觸鬚倏地橫掃過來，將怔愣數秒的翡翠擊飛出去。

縹碧彈下舌，急忙向後折返，如離弦之箭竄向翡翠。

但這一次卻來不及接住對方。

翡翠重重撞上石桌，幾乎聽見自己的骨頭都在發出抗議的悲鳴。

他嗆咳一聲，鮮血溢出了嘴角，身子軟軟地從桌邊滑落，跌坐在地。

翡翠顧不得自己的傷勢，迫切地在腦中對斯利斐爾喊道：「斯利斐爾，怎麼回事？為什麼我的萬鏡風暴沒有反應？」

斯利斐爾沉穩的聲音傳來，「您難道沒有事先衡量自己的魔力值嗎？」

「講人話！」

「您這幾天吃的晶幣太少，儲存的魔力根本不夠。換句話說，您想使用第二級以上的魔法都是在作夢。」

翡翠不禁後悔自己這陣子各種暗中逃避吃晶幣的行爲了。

早知道會有這一天，就算晶幣再難下嚥，他一定也會大吃特吃。

「在下還必須跟您說一件事。」斯利斐爾說道：「被砍斷的觸鬚似乎有再生的跡象，在下建議您如果想用魔法攻擊敵人，炎系魔法會比風系適合。」

「再生!?」翡翠一時忘了自己是用意識跟斯利斐爾通訊，忍不住失聲喊道。

「什麼再生？」縹碧在翡翠身前降落，一手對著欲襲來的觸鬚施展炎系魔法，嚇阻它們的靠近，另一手朝翡翠伸出。

「被砍斷的觸鬚……似乎會再生。」翡翠握住縹碧沒有溫度的手，忍痛撐起身體，可腳下一個踉蹌，身子再次撞上了後方的石桌。

本就瀕臨解體的石桌被他這一撞，四根桌腳頓時應聲斷裂，整張厚實沉重的桌子往後翻倒，砸出了沉悶的聲響，地面跟著隱隱震動。

翡翠反射性扭頭一看，接著他的視線定格在某個地方。他倒抽口氣，壓根沒料到自己會在這裡看見……

晶礦。

不，一般人都不會想到這張原本被作爲祭壇的石桌裡，竟然會蘊藏著晶幣的原料。泛著碧色光澤，猶如翠玉剔透的礦石從桌腳斷裂處暴露出來。晶礦赫然是被石頭包裹在裡面，從地底下延伸出來。假使不是翡翠誤打誤撞將石桌撞翻，只怕難以發現這裡居然蘊含著驚人的能量。

與此同時，沉寂許久的熟悉嗓音冷不防在他腦海中躍出。

「任務發布——請盡所能吸收能量。」

翡翠不知道神殿下的晶礦究竟蘊含多龐大的能量，但能夠讓世界意志發布任務，就表示這絕對足以爲眞神和世界補充極大的力量。

甚至可能多到超乎想像，才會讓世界意志沒給出時間限制，還用上了「盡所能」這個字眼。

「斯利斐爾，你聽到了嗎？」翡翠忙不迭呼喊另一人。

「在下聽見了。但在下希望您與其有時間詢問，還不如先趕緊吸收能量，否則外面這些觸鬚都要再生完畢了。」

「縹碧，幫我注意周圍，我有事必須……縹碧？」翡翠無視斯利斐爾的毒舌，本來想叫縹碧替他防守，卻發現後者像是失了神。

雖然看不見縹碧的雙眼，可卻能感覺到他的目光好似停留在翻倒的石桌上。

翡翠飛快看去，只見桌面下方還藏著一幅圖畫。

那是一棵奇異的大樹，枝幹分岔眾多，只是樹枝上長出的卻不是一般葉片。

而是圍繞著星星、月亮、太陽形狀的圖紋。

就和瑪瑙他們背後，和神殿山形牆上的花紋同樣。

此時樹上的星星、月亮和太陽的中心射出筆直的光束，綠色、藍色，以及紅色彷彿要直竄天際。

翡翠反射性跟著仰頭，紫眸瞬時大睜，失去藤蔓遮擋的穹頂上居然繪製著一模一樣的壁畫。

那是什麼？那棵樹究竟是什麼？

由不得翡翠細想，九號的下一波攻擊已經到來。

翡翠一手飛快貼上發光晶礦，一手抓起掉落地面的長刀就往觸鬚揮砍，但單手終究難敵多條觸鬚，他只能用一聲高喝震回縹碧的神智。

「縹碧！」

縹碧霍然回過神，紅布覆著他的雙眼，因而沒人能看見他的眼神籠著一層茫然。

縹碧又看見蛇了。

靜止的紅眼銀蛇倏地動起來，它在他的核心宮殿裡不停盤旋轉圈，帶起一陣陣劇烈的波動，從核心擴展至整個身體。

他感覺自己的皮膚底下像在經歷一場震晃，但他外表沒有顯露一絲異常。

縹碧用力閉起眼，憑本能地喃誦咒語，「風系第一級初階魔法——風之刃。」

數道淡綠氣流化成的刀刃「唰」地衝向觸鬚，將它們表面的手臂齊齊削斷。

翡翠喘著氣，感受到一股龐大的能量正如潮水源源不絕地漫淹上來，滲入他的指尖，沖刷過他的四肢百骸。

翡翠想到斯利斐爾曾說過，想要一勞永逸，最好是針對九號使用炎系魔法。

一直以來，他都是以風系魔法爲主。

當初也是先由斯利斐爾教導，他才能陸續使用更多的風系魔法，但也導致他對其他屬性的魔法毫無概念。

翡翠試圖重現受困於榮光會地下基地的狀況，當時新的風系魔法便自動浮現出來。然而無論他如何絞盡腦汁，他的大腦始終一片空白。

如果這時有斯利斐爾在，就能讓對方借用自己身體。

但眼下只有……

縹碧！

對了，還有縹碧，大魔法師伊利葉的遺產！

縹碧繼承了伊利葉的魔法知識，換句話說，他對絕大多數的魔法都應該相當熟悉。

「斯利斐爾，我能讓縹碧也進來我的身體嗎？像你對我做的那樣。」翡翠飛快地在腦中追問，「他會不會發現什麼不對勁？」

斯利斐爾當下明白翡翠的打算，「可以，您和他之間的契約並不完整。有在下之前的干擾，他不會發現您並非妖精，但他仍是會察覺到您正在吸收能量的事。」

「讓他察覺就察覺吧，現在是消滅九號優先。」翡翠有了決斷，「縹碧，教我炎系魔法，要第三級以上的！」

「你不可能立刻學會。」縹碧不留情地說，「你也別奢望我使用。無論我再如何完美，魔力不足都是白談。」

「我也不是要你現場教學，你是靈，附身可以做到吧。我的身體讓你用，魔力也讓你用。」翡翠咧開笑容，艷麗中又帶著喋血的鋒芒。他扔下長刀，朝縹碧伸出了手，「縹碧，進來。」

綠髮青年的笑容耀眼無比，縹碧瞬間幾乎忘了自己的核心仍在猛烈震顫的事。

他不假思索地朝翡翠伸出手，他的身影轉眼就成了透明，徹底融入翡翠體內。

九號無法理解另一名獵物怎會驟然消失蹤影，它所有的眼珠快速轉動，卻始終找不到另一人的存在，但這不妨礙它將所有怒火全部發洩在面前僅剩的獵物上。

它的長根從土裡拔出，一直固定在原處的龐然身軀終於挪動起來。

巨大的暗紅肉塊顫抖，無數灰白觸鬚宛若糾纏的滑膩蚯蚓。

更多的觸鬚被九號從神殿外收了回來，它們遊走，它們尖嘯，它們舞動。

整座神殿彷彿要變成被灰色觸鬚纏繞的巢穴。

那無疑是令人寒毛直豎的恐怖畫面。

而翡翠顯得格外渺小。

翡翠閉上眼再睜開，他能感受到意識裡多出了一個存在。

那是縹碧。

他的魔力受縹碧指引，他的身體受縹碧調整，他的一切都受縹碧引導。

然後嶄新的魔法如同化學公式在他大腦中逐漸拼組出框架，接著正確的符文填入，最後架構完成。

面對逼至眼前，末端撕裂成數瓣、露出駭人大嘴的灰白觸鬚，翡翠抬起手，從他嘴裡流洩出的嗓音像是有兩個人同時開口。

「炎系第三級中階魔法——焦炎煉獄。」

「發動。」

溫度像被點燃，驚人熱力流動，似乎只要一點小火星，就能成爲燎原大火。

這是縹碧第一次附身在他人身體。

他能感覺到有股驚人的能量正源源不斷地流入右手，然後運輸到全身，龐大的魔力供他調度。

他能透過翡翠的五感感受到外界的一切，九號的逼近、發光的綠色礦材，還有空氣裡猛然飆高的熱度。

他聽見自己的聲音和契約者的疊合一起，彷彿他們是同一個人。

他們說，「炎系第三級中階魔法——焦炎煉獄，發動。」

下一剎那，轟隆隆的劇烈聲響從上空炸開。

數十顆巨大的暗色石頭從天而降，破壞了神殿前半部的穹頂，落下的巨石周圍瞬間燃起熊熊火勢。

它們接二連三地墜落，有的砸在九號觸鬚上，有的則砸墜在神殿地板。石板被擊出深深的凹坑，更引發了爆裂般的聲響。

在爆炸聲和九號發出的嚎叫聲中，熾亮的強烈紅光驟閃，接著化成實質火焰。

大火呈放射狀朝四面八方席捲出去，僅僅彈指間就侵佔了神殿地面，唯獨翡翠身周區域不受影響。

狂焰凶暴地吞沒了所有觸及的東西，彷如永不知饜足的貪婪野獸。

九號的觸鬚首當其衝，一下就遭到火舌舔舐。在高溫和熱力侵蝕下，它們只能痛苦地不停抽搐，卻無法擺脫揮之不去的烈火。

它們在火光裡擺動，歪曲的灰影像在跳著扭曲的舞蹈。

如果說第一級的炎系魔法只能在九號身上留下焦痕，那麼第三級的焦炎煉獄則爲它帶來了致命的傷害。

觸鬚上的手臂化爲黑炭，觸鬚跟著一節節焦化，就連暗紅色的肉塊也一併被烈火環繞。

九號在烈焰裡哀嚎，卻無法阻止赤紅焰火不斷地灼燒，只能看著自己的身軀漸漸化成焦炭。

整座神殿內就像陷入一片恐怖的地獄火海。

大火不停焚燒，像要將一切都吞噬殆盡……

縹碧一下就對眼前的畫面失去興趣，但在九號徹底被消滅之前，他還得協助翡翠維持魔法的運轉。

接著在沖天的火光中，他發現有奇異的光屑從上方飄落。

不只他看見，翡翠也看見了。

透過翡翠的雙眼，縹碧發現光屑不僅從上方飄落，就連下方亦有光屑冉冉飄升。

先前從石桌接連至穹頂的光束不知何時破碎四散，成為一縷縷如羽毛般的碎片。

它們越落越多，霎時重新勾勒出新的形體，一棵參天大樹穿越黑夜，巍峨地立在神殿中央。

它的外觀就和壁畫上相同，光點在它的枝葉旁纏繞出星星、月亮和太陽的圖案。

它是如此巍然，如此壯麗，如此地……不可思議。

「那是……什麼？」

縹碧聽見翡翠喃喃地這麼說。

就在下一瞬間，火光裡忽地衝出人影。

縹碧感覺到翡翠差點彈坐起來，直到發現那些人影竟是幻影，火焰穿過了他們的身軀，映亮了那一張張精緻美麗的面容。

那些人有男有女，有著妖精證明的尖耳朵，看起來似乎是島上曾經的住民。

他們就像沒看到翡翠的存在，急促地奔跑著，臉上表情迫切，嘴裡像在喊叫什麼，但縹碧聽見的只是一片寂靜無聲。

他們穿越過翡翠的身體，來到了光之樹前方。

只見他們伸手貼上樹幹，接著一道道身影竟化成光點，轉眼就被光之樹吸收進去。

更多的人影出現。

更多的光點被樹木吸收。

光之樹越發茁壯絢麗，它的枝葉彷彿無止盡地朝外延伸，像是要將整座浮空之島都覆蓋在底下。

就在縹碧無法控制地爲眼前這幕著迷的時候，一道無機質的嗓音猝不及防地出現在翡翠腦海，同時也傳遞到縹碧耳中。

「確認，能量獲得——」

「出去！」

縹碧還沒意會過來，翡翠強硬的意志就已伴隨著一股力道將他彈出體外。

如果是平時，縹碧或許會有興趣研究那道聲音是從何而來，翡翠的體內究竟藏了何種祕密。

然而此時此刻，他的目光完全被光之樹牢牢吸引。

他仰望著光之樹，看它從壯麗到凋零只是瞬息之間。

看它瓦解成無數熒光，如同點點流金回歸至地面。

最末形成了三顆金蛋。

似曾相識的金蛋。

那光景深深烙印進縹碧的視野之中，像要在他的眼底生根，同時核心至身體的所有震顫都倏然平息下來。

但宮殿內卻出現了一個新的箱子。

不，應該說原本盤踞在他宮殿的銀蛇瞬息間化成了一個箱子。

那個箱子很小，卻封得格外密實，連條縫隙都沒有。

讓縹碧自己來說的話，他會覺得那更像一個無縫又光滑的正方體。

可緊接著，那個正方體上面確實浮現線條，讓它確切地成爲一個箱子。

箱子在震動，裡面藏著的東西似乎想用力掙脫出來，但箱上的封條限制了它。

縹碧的眼瞳在下一瞬遽然睜大，他看到封條斷裂，箱子霍地開啓。

一本紅色書皮的書從裡頭飛了出來，在宮殿中央快速地自動翻掀書頁。

雪白的紙張如蝴蝶振翅，看似雜亂無章的符文不斷從書裡飄出，在書本的四周成串環繞、旋轉，化成了只有縹碧能理解的意義。

最後書頁停止翻動。

一切的騷動好像都弭爲平靜，縹碧的核心裡安靜異常。

然後，他聽見伊利葉的聲音又一次地響起，低低迴盪在他的體內，伴隨著驟然塞進他腦海內的無數名詞。

精靈、世界樹、毀滅、奉獻、眞神……

在那些飛舞的文字畫面當中，他的創造者的聲音是如此清晰。

伊利葉說：

「指令啓動。」

第12章

當多顆燃著火焰的巨石砸進神殿，頓時引發了一陣驚天動地的聲響。

瑞比一槍擊退想逼近的觸鬚，飛快看了一眼神殿方向，忍不住震驚喊道：「操！這動靜也太誇張了！」

何止誇張，熾烈的火焰簡直像要把神殿內化成赤紅煉獄。

在翻騰的熊熊火焰中，散布在神殿外的觸鬚也漸漸失去攻擊性。它們在地上翻滾抽搐，每一張嘴巴都在痛苦地慘叫著。

隨著火光中的獸類慘嚎聲越來越微弱，分布在神殿外的觸鬚也像被抽乾了力氣，最終一動也不動。

觸鬚表面的灰色轉瞬間被焦黑取代，進而從末端片片焦化、碎裂……

瑞比像離弦之箭，飛也似地朝著神殿前進，途中碰到了和他一樣趕往相同目的地的其他人。

分散的眾人終於在神殿外聚集，然而猛烈的火勢阻擋了他們的腳步。他們只能按捺住焦急不安的心，瞬也不瞬地注視著被火牆包圍的神殿。

「那是什麼？」白薔薇突然低呼一聲，手指向高空。

眾人不約而同地跟著仰起頭，睜大的眼裡映出了瑰麗的奇景。

以璀燦光線勾勒出輪廓的巨大樹木，自火焰中沖天而起，發光枝葉不停朝外延伸，如同要覆蓋整座浮空之島。

與此同時，絢爛的光點在樹上纏繞出星星、月亮和太陽的圖案。

瑪瑙和珍珠不由自主地撫上後頸，那裡也有著相同的花紋。

只有珊瑚還渾然不知，要不是斯利斐爾的手掌穩穩地按住她，她恐怕早就像顆子彈竄進火海裡。

當神殿內的景象終於毫無遮蔽地映入瑞比他們眼中，他們只來得及瞧見先前參天偉岸的光之樹已化成遍地流金，漸漸地淡化消隱。

「嗨……」渾身是血的翡翠就坐在那些消散的光點之中，緩緩抬起手，衝他們打了聲招呼。

九號早已成為龐大的漆黑焦炭，無數交纏的觸鬚也是相同下場，濃烈的焦臭味瀰漫在四周。

翡翠的模樣看起來狼狽無比，但顯然沒有大礙，這讓瑞比、珂妮和白薔薇鬆了一口氣，上前的腳步也不再凌亂急切。

「翠翠！」但對瑪瑙來說，翡翠受傷是令他無法忍受的事。他登即紅了眼眶，急著拍打斯利斐爾，催促對方趕緊加大步伐，同時迫切地施展出治癒魔法。

柔和的白色光點從瑪瑙掌心飛出，轉眼就溫柔地拂過翡翠的身體，流淌的鮮血迅速止住，不少猙獰的傷口開始出現癒合跡象。

瑪瑙整個人像被汗水浸濕，可他依然頑強地想要榨出僅剩不多的魔力。

他不想見到翡翠受傷，就算是再微小的傷勢都不行。

「夠了，瑪瑙。」翡翠連忙阻止瑪瑙的行為，「已經可以了。」

「但是、但是……」瑪瑙的眼淚像斷線珍珠落下。

如果是平常，他早就第一時間奔至翡翠的懷抱。但如今他看著翡翠身上未復元的傷口，即使自己的體型只有巴掌大，他還是深怕一撲過去，會為翡翠帶來負擔。

「別擔心，我的傷已經好了一大半了……謝謝你啊，瑪瑙。」翡翠柔聲安慰。

「翠翠、翠翠，你看起來好糟糕，你真的沒事了嗎？」珊瑚不像瑪瑙考慮那麼多，她雙臂一張就想從斯利斐爾肩上跳下來，最好能一躍躍入翡翠懷中。

「珊瑚。」珍珠只是喊了一聲，就像有條無形的繩子將珊瑚猛地拉住，「妳要是跳下去，就會加重翠翠的傷勢。」

「其實也不至於啦。」翡翠擺擺手。

但珊瑚似乎被嚇到了，忙不迭收回手腳，乖乖地蹲在斯利斐爾的肩上，一雙桃紅的眸子巴巴地瞅著翡翠不放。

「翡翠，剛剛那個發光的大樹是怎麼回事？」瑞比沒忘記先前所見的奇異光景。

「我也不知道……忽然出現的。」翡翠說著半真半假的話，心裡卻有了大致猜想。

這裡不僅是精靈的故鄉，瑪瑙、珍珠、珊瑚和那棵發光大樹想必也有著密不可分的關係。

大戰過後，雖然幾人看起來都有些狼狽，周圍又是一片焦黑狼藉，還有散不去的焦味環繞，但氣氛緩和，甚至有些閒散。

翡翠微微地笑著，享受著眼下的氛圍，直到他看見瑪瑙的身上出現了紅色光點。

然後他聽見熟悉的清冽男聲說：

「炎系第一級初階魔法——炎槍。」

翡翠腦中一片空白，而他的身體已經先動了起來。

那就像是一種本能反應，他使盡所剩不多的力氣，奮力躍起，擋在了斯利斐爾他們面前。

灼熱和劇痛同時在他背後爆發開來。

變故來得太過突然，一時間誰也沒反應過來發生什麼事。

饒是斯利斐爾這一剎那也怔懵了。

直到翡翠的身體重重摔在地上，痛苦呻吟響起，眼前的景象才眞正撞入眾人眼裡。

緋焰凝聚出的長槍刺入了翡翠的後背，槍尖甚至穿出他的右胸，在胸口留下一個讓人怵目驚心的窟窿。

血肉因爲高溫立即焦化，這也導致出血量不多，只從傷口邊緣淌下。

「翠翠——」瑪瑙尖叫。

「翠翠、翠翠！」珍珠煞白一張臉，所有的沉穩拋諸腦後。

「你這個……大壞蛋！」珊瑚想也不想地朝縹碧扔出火球。

但今晚經歷的戰役太多，與棘刺犬和觸鬚的對戰耗費她太多魔力，凝結出來的火焰看上去比平時虛弱許多。

縹碧甚至毋須閃躲，只消把身體虛化，火焰便穿透而過，落在了地面上。

「你這傢伙在做什麼啊！」瑞比驚怒加交，立刻拿槍對準那名黑髮白袍的男人。

「翡翠先生……」珂妮想要攙扶起翡翠，但又怕自己的力氣沒個輕重。她心慌意亂地伸出手又縮回，不知道自己該不該碰觸對方。

白薔薇的雙手還沒觸及翡翠，斯利斐爾已快一步將人撐起。

「翠翠、翠翠……」瑪瑙恨不得把能用的魔力都耗竭乾淨，只求撫平翡翠的傷口。

然而飄出的潔白光點卻越漸微弱，蘊含的治癒力對翡翠的傷口如同杯水車薪。

「翠翠……」瑪瑙的眼淚停不下來，他拚命地伸出手，想要拉近與翡翠的距離，卻又不敢真的撲到對方身上。

翡翠臉色慘白，呼吸都感到疼痛，殘焰好像還留在體內，持續焚灼著他的內臟。

他想問縹碧究竟要做什麼，假如不是自己動作快，那可怕的魔法攻擊將會落在瑪瑙身上。

他剛要張口，聲音卻像被看不見的東西堵在咽喉。

縹碧不知何時落足在晶礦上面，他舉起手，空氣中的元素疾速湧動，流暢的光線和符文瞬間在他身前架構成一面發光的魔法陣。

「我是伊利葉的遺產，繼承伊利葉的意志。」縹碧開口，他的聲音冷漠，像剝離了所有情感。

從翡翠和縹碧簽訂契約至今，不管是少年或男人的他都是表情鮮活，從不掩飾的傲慢或自戀總是顯而易見。

但如今的縹碧，卻如同一尊人偶，沒有感情、沒有溫度、沒有自我意志。

「指令啟動——」縹碧的手臂小幅度地往下揮動，三個紅色光點分別鎖定了瑪瑙、珍珠，以及珊瑚，「抹殺精靈。」

「什——」翡翠大駭，卻無暇細想，只能厲聲高喊，「珍珠，張開結界！」

珍珠不敢遲疑，泛著白光的防護結界即刻張啟。

同時法陣運轉，赤光一閃，凶猛的熾焰疾速衝撞向珍珠的結界。

珍珠舉起的右手一顫，她急急用左手抓住手腕，確保結界的穩定。

「斯利斐爾，爲什麼他會知道瑪瑙他們是精靈？他明明連我的種族都沒發覺！」翡翠強忍劇痛，顧及還有瑞比等人，直接在腦中追問斯利斐爾，「縹碧到底在發什麼瘋！」

「在下無法給您確切的答案。」斯利斐爾素來淡漠的紅瞳也出現波動，眼前的事態是他從未預料到的，或者可以說完全失去控制，「在下只能確定，他會讓您和小精靈陷入險境，必須立刻離開。」

「讓你借用我的身體也不行嗎？光系魔法的話……」翡翠還記得第一次和甦醒的縹碧見面時，斯利斐爾就是用此將對方驅離。

「依您現在的身體狀況，無法負荷光系魔法。」斯利斐爾告知了殘忍的事實。

火焰消散，但縹碧依舊高速詠唱著繁複艱澀的咒語，快得讓人追不上他的速度。奇妙的音節像在互相追逐競爭，似乎上一句才剛滑出舌尖，下一句就已追覆過去。

多面法陣一個接一個在周遭浮現。

翡翠沒忘記縹碧曾說過魔力不足，然而如今的場景無疑說明了——他從晶礦那獲得了力量。

為什麼他會跟自己一樣？

大魔法師的遺產……究竟是什麼？

這些問題無人能給予翡翠答案。

而唯一知道解答的縹碧浮立半空，紅黑交雜的長髮飄散，就像是飛揚的火焰。

他抬起手臂，手指微屈，密集的光點瞬時投映在瑪瑙、珍珠及珊瑚身上。

只要他唸咒完畢，就會發動攻擊。

而即使有珍珠在，也難以持續抵擋。

換句話說，在場根本無人能敵他的魔法。

意識到這個嚴酷的現實，翡翠只覺如墜冰窖，寒意竄過背脊，全身的血液像是要凍結一樣。

這是他重生至這個世界以來，第一次體會到何謂無能為力。

難道真的沒有辦法了？

不，還剩一個辦法……

只有那一個辦法了。

翡翠抓緊斯利斐爾，手指用力到泛白，「縹碧要抹殺精靈，如果讓他轉移目標……斯利斐爾，你有辦法嗎？讓他的目標變成我！」

「您知道您在說什麼嗎？」斯利斐爾的語氣出現顯著的起伏。

「你這態度，所以你果然有辦法對吧！」翡翠已經足夠了解斯利斐爾了，對方的隻字片語就能讓他推斷出答案。

「您和他的契約。」斯利斐爾在翡翠眼中看見決絕和義無反顧，「在下可以利用契約讓您的精靈身分被他察覺，並暫時遮斷他對瑪瑙他們的感知。但您確定要這麼做？」

翡翠直視斯利斐爾，然後笑了。

他們彼此都明白，如果讓縹碧的魔法陣鎖定住翡翠，迎接他的註定只有一個結果。

就如同珂妮所預言的。

繁星冒險團當中，將有人死去。

結果到頭來，原來是自己嗎？

那還眞是……太好了。

能夠讓瑪瑙他們活下去，眞的是太好了。

沒人知道翡翠和斯利斐爾在這一剎那達成了什麼協議。

「瑪瑙和珊瑚先到包包裡待著。」翡翠啞聲地說，「聽話。」

兩名小精靈面露抗拒，然而他們比誰都清楚，如今他們只要能讓翡翠無後顧之憂，就是幫了他最大的忙。

「好，我聽話……」瑪瑙抹去淚水，看向翡翠的目光一如以往地溫馴柔軟。而當他看向縹碧，那雙金眸則像淬了毒般森冷。

珊瑚抽抽噎噎地爬入揹在斯利斐爾那的背包，但是袋蓋被她猛力推開，白色的小腦袋固執地探出，還抓著瑪瑙跟她做一樣的動作。

「珂妮，等等要妳抱著我跑了……」翡翠對自己現在的狀況完全沒信心，讓他自己來只會拖了所有人的後腿，「然後聽我的計畫……所有人，往傳送室跑！就是現在！」

翡翠一聲令下，珂妮顧不得粗魯的動作會增加翡翠的痛楚。她飛快抱起翡翠，與其他人拔腿就往傳送室所在的神殿後側狂奔。

縹碧只微微側過臉，接著手指霍地收緊。

飄浮在空中的數面法陣同時發動，比先前更洶湧的強烈火焰齊齊衝出。它們像奔騰的火龍發出咆哮，多張猙獰大口眼看就要從後吞噬翡翠等人。

「珍珠！」翡翠咬牙大喊。

珍珠雙手交握，白光再次迸綻，成爲一個堅固的保護罩籠蓋住所有人，頑強地擋下了火龍的攻勢。

然而其中一條火龍卻是掠過光罩上方，直衝向更遠方的建築物。

傳送室在翡翠等人眼前轟然坍塌，傳送法陣被壓在成堆的石塊瓦礫之下。

「可惡啊！」瑞比怒吼一聲。

沒有傳送法陣，他們若想要離開這座浮空之島，只能從島上邊界跳下去，但這無疑是種自殺行爲。

「往神殿正面的方向跑！」翡翠抹去嘴邊溢出的血漬，嘶聲喊著。

「你瘋了嗎？」瑞比不敢置信，「那邊再過去就是……」

「我會保護好翠翠跟大家的。」珍珠平靜地出聲。

在先前的多場戰鬥中，她耗損的魔力是最少的。她心裡明白接下來只能靠她了，可不知爲何，她總有種不安的預感。

那種會有很糟糕的事要發生的感覺，就像道濃濃的陰影籠罩在她的心頭。

縹碧沒有挪動身形，一動也不動地佇立原地。他的雙眼被紅布覆蓋，目光卻似乎能穿透布料，輕易追蹤到翡翠幾人的蹤跡。

他的嘴唇再次張合，成串咒語如流水般湧出，自然元素快速集結，空氣裡掀起了強烈的波動。

在沒有任何阻攔下，憑靠瑞比他們的腳力，很快就接近浮空之島的邊緣。只要再往前一段距離，就會跌落進無窮的黑夜裡。

眼看邊緣近在眼前，光點再次出現了，仍是精準地鎖定住瑪瑙、珍珠和珊瑚。

緊接著無數綺麗璀璨的魔法陣一面面浮出，包圍在眾人的前後左右，宛如天羅地網，要將目標的退路全都切斷。

法陣的光芒映亮了黑夜，也映亮了翡翠眼中的決斷。

翡翠驟然從珂妮的懷抱中滑出，靠著恢復爲法杖形態的雙生杖來穩住自己的身體。

斯利斐爾扯下包包，將珍珠連同背包裡的瑪瑙、珊瑚猛然塞到白薔薇手中。

「什……」白薔薇一臉愕然，幾乎是反射性地將瑪瑙他們一把抱住，卻無法理解斯利斐爾為什麼要這麼做。

直到他駭然地發現原先集中在瑪瑙、珍珠和珊瑚身上的光點，不知何時竟全數落在翡翠身上。

「接下來就拜託妳了，珍珠。」翡翠回頭一笑，不再猶豫地奔向了神殿的方向。

隨著他和瑞比等人拉開距離，空中的魔法陣也跟著一併挪動。

「翡翠先生！」珂妮不敢置信地尖叫，想也不想地就要追上去，卻被人從後猛力拽住衣領，「瑞比前輩，你在……」

「閉嘴！」瑞比理智到冷酷地說，他比誰都清楚這是翡翠為他們換來的機會，「我們的方向是這邊，還不快跑！」

珂妮臉色煞白，終於意識到他們必須得將翡翠拋下。

不該是這樣的……翡翠先生明明會終結黑雪……

註定要死去的怎麼可能會是他！

「翠翠，回來！回來！」珊瑚邊哭邊想掙脫白薔薇的手臂，她對著斯利斐爾憤怒哭號，「斯利斐爾是大壞蛋！快叫翠翠回來，珊瑚大人命令你快去啊！」

「那是主人的決定，而在下會目送他直至終結。瑪瑙、珍珠和珊瑚就先拜託你們了。」斯利斐爾手指併攏，放至胸前，對著瑞比他們微微低下頭顱。

白薔薇閉了下眼，雙腳一步步地向後退，隨即毅然決然和瑞比、珂妮轉身就跑。

「不不不——翠翠你答應過會永遠跟我們在一起！你說過的！」瑪瑙奮力探出頭，聲嘶力竭吶喊，「你騙我！你騙我！翠翠是大騙子——我不原諒你，我不會原諒你！」

翡翠沒有回頭。

「你回來，翠翠！你回來我就原諒你！只要你回來——」瑪瑙使勁從包包跳下，卻在落地前被另一隻手掌飛快攔截住。不待他再有反抗，黑暗猝然遮斷了他的意識。

瑞比出手速度飛快，一晃眼就擊暈了反應激烈的瑪瑙和珊瑚，他的視線對上了唯一還清醒的珍珠。

「我知道該怎麼做，這是……翠翠的願望。」珍珠臉色白到近乎透明，整個過程她都安靜得不可思議。

隨著無數法陣光芒大熾，奔跑至邊界的瑞比他們縱身一躍，黑夜如同不見底的深淵將他們吞沒。

「他們離島了。」斯利斐爾在翡翠的意識中這麼說道。

「那真是太好了……斯利斐爾，我要動用獎勵。」翡翠緊繃的弦線放鬆，整個人頓時也失去支撐，脫力般地跌坐在地，「盒子可以開啓或保留某人的記憶，那我要求把『關於我』的記憶都保留至盒子裡。讓所有記得我的人，都不再擁有跟我有關的記憶，讓他們……遺忘我。」

「……在下明白了，獎勵啓動。」斯利斐爾的聲音彷彿永遠都那麼平穩、淡然，「啓動開始。」

就像在呼應斯利斐爾的話，世界意志的聲音緊跟著出現。

「願望確認，記憶盒子啓動開始。」

下一剎那，焰光驟閃，所有魔法陣齊齊發動。

熾艷的大火如同瀑布轟隆隆地從天際傾洩而下，黑夜被撕裂，漫天赤火幾乎照亮了整座浮空之島。

滔天巨焰一下逼至翡翠眼前，火焰還沒眞正接觸，恐怖的高溫就已讓他的眼睛、皮膚、頭髮、衣物燃起火星。

世界意志仍在宣告，「範圍過廣，能量不足，啓動失敗。」

翡翠無意識攢緊拳頭，不閃不避，眼瞳裡倒映的赤色越來越大。

赤色大火侵佔翡翠視野的瞬間，他感覺到心臟同時傳來了熾熱的劇痛，就像火焰從那裡滋生而出，由內而外地將他燒灼。

被火焚身的滋味原來如此可怕嗎？

痛得他快要死了。

不對，他是眞的要死了……又一次的。

但和第一次的滿懷不甘不同，這次他心甘情願，他只要瑪瑙、珍珠、珊瑚活下來。

火焰毫不留情地侵蝕著翡翠的一切，焚燒著他的五臟六腑，他甚至能聞到焦味從他身上散發出來。

恍惚中，翡翠依稀看見銀髮紅眼的男人對他彎腰行了個禮。

「您是個糟糕的主人，在下不會說榮幸遇見您，但在下不會後悔爲您做的事。」

隨著那抹修長身影驟然散化成無數銀白光點，世界意志的聲音再次清晰響起。

「能量獲得，獎勵啓動成功。記憶盒子，確認，啓用。所有人關於『翡翠』的記憶都將被保留至盒子裡，抽離開始——」

無人看得見的大量光點登時從高空往外四散，它們乘著氣流，從浮空之島陸續飄到了法法依特南大陸的各處。

加雅、塔爾、馥曼、華格那……那些翡翠足跡曾到過之處，都將迎來光點。

當大火徹底吞噬綠髮青年的身影，破碎的話語從火焰裡飄逸出來，隨著飛升的星火湮滅在無垠的夜空之中。

那是翡翠對小精靈們說的最後一句話，即使誰也聽不見。

他說：

「別怕。」

就算以後我不在了，也請不要害怕。

✣✣✣

漫天肆虐的火焰在黑夜裡瘋狂燃燒，好似要將空中的一切都吞沒進去。

明亮的火光映亮了多張蒼白的臉，也映亮了他們倉皇或悲慟的眼神。

但只是幾個眨眼，烈焰就離他們越來越遠。

所有人都在往下墜落。

瑞比、珂妮、白薔薇、珍珠，還有失去意識的瑪瑙和珊瑚，他們都在光壁的包圍下，不斷向下墜落。

白薔薇抱著昏迷的瑪瑙和珊瑚，閉上眼，不忍再看。

瑞比捏緊拳頭，想重重地砸上光壁發洩滿腔憤怒和鬱意，可最終舉起的拳頭還是慢慢鬆開。

他沒有忘記，這些發光的障壁是珍珠用來保護他們的。

而珍珠，才是那個最有資格傾洩情緒的人。

珂妮臉上寫滿不知所措。她看看瑞比，又看看白薔薇，最後看向張開這座保護結界的小小女孩。

珍珠沉默地站在一角，微攏的雙掌間冒出白光，確保著結界維持的同時，還能盡量降緩下墜的速度。

珂妮本來想說的話，在看見珍珠的表情後全數嚥回肚內。

巴掌大的人影似乎一如以往地神色平靜，可豆大的淚珠就像斷了線的珍珠，不停地從她發紅的眼眶裡掉落。

一顆一顆，接著又一顆……落在光壁上幾乎沒濺起任何水花，但卻有如巨石重壓在珂妮的心頭，令她喘不過氣。

珂妮小小地抽噎一聲，迅速轉過臉，不想讓人看見她狼狽落淚的模樣。

「……該死，那是什麼！」瑞比驟然繃緊了聲音，他仰頭看著被火光照亮的夜空，臉色鐵青，「你們快看那邊。」

包括珍珠在內，所有人反射性追尋著瑞比所指的方向。隨後他們的瞳孔劇烈收縮，不敢置信的神情躍上了一張張臉龐。

在輝映著赤橘焰光的天空一角，不知何時被撕開了一小道黑色的缺口。

那道缺口就像一張嘴，從裡頭噴出了火山灰似的黝黑碎屑。

那些黑色的碎片自高處緩緩飄落，如同一場黑色的雪。

瑞比緊緊握著拳頭，指甲不自覺深深地陷入掌心裡，細細的血絲滲出。
這是他們第一次目擊了黑雪生成的過程。
卻無從得知這場黑雪將會落至何方。
他們甚至連浮空之島座落在地圖的哪一處上方都無法知曉。
他們根本……無能爲力。
隨著他們穿過厚重雲層，黑雪的蹤跡轉眼也尋覓不著。
下墜的過程似乎漫長，又似乎極爲短暫。
透過泛著白光的光壁，瑞比他們能見到腳下出現城鎮的明顯輪廓，些許燈火在深夜裡宛若四散的寶石。
「這樣撐不下去的。」白薔薇忽地開口說道。
珂妮抹去臉上的淚水，轉頭看向白薔薇。
「你們看。」白薔薇的手指貼上包圍他們所有人的潔白光壁，在他指尖碰觸的位置上，赫然迸開了一條不明顯的細縫。
緊接著瑞比他們這才發現到，珍珠的臉色不知何時褪成了缺乏生氣的蒼白，汗珠從她額角不斷沁出，再混著她臉上的淚水一塊淌落。

但她從頭到尾都沒吭過一聲，依然靜默不語地運用魔力，極力支撐著這個結界。

可就在下一秒，瑞比他們親眼目睹光壁上增加新的裂縫，從一條延伸出更多條。

恐怕不用多久，這些裂縫就會蔓延至結界各處，最終讓結界分崩離析，潰不成形。

一旦失去結界的保護，從這麼高的地方墜落下去，迎接瑞比他們的將只有重傷，或是更糟的……死亡。

「瑞比前輩，怎麼辦……」珂妮語帶泣音。

瑞比咬咬牙，他也希望自己能給珂妮一個答案，但他該死地根本不知該怎麼辦。他唯一能做的就是一把撈起珍珠，把她護在自己懷裡，直到迎來最後的衝擊。

他答應過了，要顧好這幾個小不點。

「照顧好瑪瑙他們，接下來，就都交給我吧。」白薔薇將瑪瑙和珊瑚交到珂妮懷中，語氣柔和地說，「這些葉子也請幫我交給黑薔薇，這是給他和灰罌粟的禮物。」

「你想做什麼？白薔薇先生，你……」珂妮被動地接過金銀瑟藤的葉片，隨後雙眼陡然大睜。她忍不住懷疑自己是不是眼花了，否則怎會看見白薔薇的手指出現瓦解。

那隻還貼在結界上的白皙手掌從指尖開始失去輪廓，轉眼竟成了一圈圈銀白絲線。

白髮銀瞳的黑衣少年微微一笑，身體更多部位跟著散化成千絲萬縷。

無數銀白線條遮蔽了瑞比他們的視線，也將結界內的他們層層包裹住。

當更多裂痕散布在光壁各處，珍珠製造出的結界就像一顆失速的流星，在黑暗中劃過剎那的發光軌跡，緊接著在闃靜的深夜裡撞上了地面，砸出轟然聲響。

「什麼聲音！」

「你們聽到了嗎？」

在慈善院裡的第三武裝教士團紛紛抬頭。

當他們還在驚疑不定地尋找聲音來源，一道白影已快如閃電地掠出，快得甚至連這群武裝教士們都來不及喊住他。

見狀，第三武裝教士團的團長迅速喊了幾個人，要他們趕緊跟上對方的步伐。

那位可是塔爾的負責人，他會無預警衝出去，肯定是突然發現到了什麼。

總之跟上就對了！

黑薔薇不知道後方有人急著想跟上他，就算知道了他也不會在意，此刻他一心一意只想趕往某個地方。

他能感應到白薔薇就在那裡。

他們總是能互相感應的。

但如今這份感應卻弱得不同以往，簡直像下一刻就會消失不見。

黑薔薇從來沒有如此倉促地奔跑過。

他總是安靜的，像抹影子般寡言地站在白薔薇旁，容易讓人忘記他的存在，鮮少會有如此失態的時候。

但這時候和任何時候都不一樣。

他的心臟猛烈狂跳，好似下一秒會衝撞出他的胸膛。有種不好的預感在他腦中嗡嗡作響，聲音越漸擴大，最後似乎連他的耳畔都出現那個尖銳的聲音，宛如催命警報。

得快一點，要再快一點，必須更快一點！

黑薔薇竭盡全力地朝著他感應到的方向狂奔而去。

他繞過被教士封鎖的白色建築物，穿越重重林木，直到視野內猛然撞進了……那個東西。

那是一個由無數銀白細線纏繞的大繭，在夜色下顯得如此突兀。

黑薔薇瞳孔收縮，破碎的呻吟不自覺地從他口中擠出，「不……不……」

而當黑薔薇越是靠近，那些銀線也脫落得越快。

不到片刻，銀線就全部散落在地，將藏在裡頭的景物全都暴露出來。

黑薔薇愣住了，腳步不自覺地停下。

原本被銀線包裹住的瑞比他們也露出類似表情，似乎沒想到會在這裡看見黑薔薇。

好幾秒過去，瑞比才猛地反應過來，「這裡是慈善院!?」

黑薔薇像是沒聽見瑞比的喊聲，他的目光逐一掃過瑞比、珂妮，還有被他們兩人抱住的三名掌心妖精。

他沒有看見翡翠和斯利斐爾。

也沒有看見白薔薇。

不，其實他知道白薔薇在哪裡。

黑髮少年邁出腳步，先是緩慢地，再來越來越快，最後他近乎跌跌撞撞地向那堆銀白絲線衝了過去。

循跡追上黑薔薇的武裝教士們只看到他在成堆的絲線前跪坐下來，發了瘋似地在線裡尋找什麼。

從他們的角度，只知道黑薔薇好像終於找到某個東西。

然而從瑞比他們的角度，卻是清楚無比地看見黑薔薇從線堆裡挖出一個小小的木頭人偶。

透明的水珠無預警砸墜到木頭人偶上，一滴一滴，接著又一滴。

淚水像停不住地從黑薔薇眼中溢出，他咬緊牙關，吞下從喉頭湧上的嗚噎聲。

他緊緊抱著那個小小木頭人偶，全身蜷縮，有如一隻負傷卻只能獨自舔舐的野獸。

在他身後敞開的白色衣襬，猶如一朵哀悼的蒼白花朵。

黑薔薇安靜地淚流不止，木頭人偶上面的暗褐色字跡被淚水染得更深。

那是他在很久以前用自己的鮮血，爲自己製造的第一個人偶所寫下的名字。

——白薔薇。

尾聲

夜半時分，通體透黑的南之黑塔依舊燈火通明。

此刻的塔爾分部內只有灰翳粟一人。

灰翳粟喜歡熬夜，睡眠對她來說不那麼重要。她曾振振有詞地表示，夜晚才能帶給亡靈法師更多靈感，她可以構思更奇妙的法師快樂水，或骷髏的一百零八種操控方式。

但若白薔薇與黑薔薇在的話，他們就會嚴格防守，不讓她做出這種傷身體的行爲。

如今兩名少年都不在家，灰翳粟自然是肆無忌憚地當起了夜貓子。

她一個彈指，一名骷髏立刻爲她泡了一壺熱紅茶，還不忘送上一盤配茶的小點心。

灰翳粟下意識地先用手摀著盤子，隨後才反應過來，會搶她食物的綠髮妖精並不在塔爾。據收到的情報表示，對方目前和她的小薔薇們在沙魯曼處理事情。

灰翳粟輕咂了下舌，覺得那名綠髮妖精在搶食物方面簡直快爲自己留下心理陰影。

她爲自己倒了一杯茶，輕晃一下瓷杯，看著剔透如寶石般的橘紅色在杯中晃漾出圈圈漣漪，鼻間嗅到的溫和茶香令人感到心滿意足。

喝了幾杯紅茶後，灰罌粟想到今天還有幾份工作尚未處理完畢。她朝立在旁邊的骷髏下了指令，後者立即爲她將一疊文件搬過來。

靜謐的黑夜裡，有紅茶和點心的陪伴，對灰罌粟而言是一段適合工作的時光。時間不知不覺流逝，等到灰罌粟完成今日份的工作，這才抬起頭來，伸伸懶腰，順便壓按幾下有些僵硬的肩膀。

在她起身準備拿取放在後方櫃子內的蜂蜜時，突然一個不穩，撞到了桌角。桌上的瓷杯受到震晃，頓時往旁傾倒。不光紅茶淌溢而出，就連杯子也從桌面摔落下去，伴隨著清脆的聲響，破裂成一地的碎片。

灰罌粟怔怔地看著地面，暗紅的地毯迅速吸收了紅茶，顏色變得更深暗，乍看下宛如一灘不祥的血漬。

灰罌粟按按額角，閉了下眼睛，她不知道自己怎會突然冒出這個想法。

打翻紅茶也不是第一次發生的事，但這次卻讓她心頭無來由地一悸，彷彿有隻看不見的手掐住了心臟。

灰罌粟想不明白這是怎麼回事，只能歸咎於是自己一時胡思亂想。

調配了一杯蜂蜜紅茶，灰罌粟決定做點其他事情轉移注意力。

她吩咐骷髏拿來一份塞滿眾多文件的資料夾，從中翻找出屬於繁星冒險團的資料，上頭的正式成員如今已從最初的兩人增加爲五人。

翡翠、斯利斐爾、瑪瑙、珍珠、珊瑚。

如果連機動人員的思賓瑟和路那利算進去，那麼就有七人了。

想著繁星冒險團至今接過的委託和解決過的各種危機，灰罌粟的指尖在紙張上點了點，覺得等他們回來塔爾後，可以跟他們建議一下升級考核的事。

他們的冒險獵人等級也該提升了。

「沒錯，到時得叫他們記得來申請了。」灰罌粟微微一笑，「要是升級失敗的話，就罰翡翠……」

灰罌粟還在思索著是罰綠髮妖精一個禮拜都不准蹭他們塔爾分部的食物，還是說嚴格點，把期限拉長到一個月。可就在下一瞬，不知從何而來的光點飄落至她的指尖，她的眼神突然迷茫了一下。

同時，繁星冒險團填寫在成員欄位的第一個人名漸漸消褪，直到化成一片空白。

灰翳粟似乎沒意識到這份異樣，她像驟然回過神來，已經在舌尖上醞釀好的音節順勢吐出。

「就罰翡翠一個月內……」

灰髮蒼白的亡靈法師頓了頓，神色困惑，彷彿難以理解自己剛剛在說什麼。

「翡翠……是誰？」

✣✣✣

從天而降的光點有的飄飛到塔爾，有的則是飛至馥曼。

濃闃的黑夜籠罩了馥曼的街頭，即使還有極少數的人在外徘徊，但誰也沒有發現到天空飄下了光點。

像是小小螢火的光點一路飄到了一間高級旅館，穿透密閉的玻璃窗，進入其中一間豪華客房裡。

床上本該入睡的人影此刻毫無睡意，被身旁如雷的鼾聲吵得心情煩躁。

路那利倏地翻身坐起，一頭水藍髮絲披散，髮梢垂落在胸前，渾身散發著與生俱來的妖冶。

單從外貌看，容易讓人錯認為艷麗的女性，但衣下平坦的胸膛說明了他的性別。

路那利眉頭緊蹙，瞪向旁邊小床的眼神像淬了寒意。

被冷瞪的兔子玩偶渾然未覺，依舊在它的床鋪上呼呼大睡，還發出了震天的鼾聲。

路那利已經被吵了好一陣，終於再也忍無可忍。

他掀開被子起身，走到思賓瑟床邊，一把揪緊對方的兔耳朵，將它從床上拎起。

思賓瑟睡得太沉了，在它的夢境裡有數不清的人面蘿蔔讓它大啖美食。各種煮法的蘿蔔美味可口，令它沉浸在夢中無法自拔，嘴角邊還不自覺地流下晶亮的唾液。

路那利的表情更嫌棄了。

他拎著睡得全然不知外界動靜的思賓瑟，不客氣地把它扔到了浴室裡面，然後門板一關，總算將那擾人的音響隔絕開來。

世界恢復清靜了。

也不知那隻兔子到底怎麼搞的，平常睡著時明明還挺安靜的，今晚偏偏鼾聲如雷。

虧它還老是大言不慚地說自己是隻淑女兔子。

路那利用手指梳攏了幾下長長的髮絲，房內鏡子映出的是他艷美如花的倒影。

但看著鏡中影像，路那利想的卻是人在遙遠地區的綠髮妖精青年。

不知道他的狀況目前如何了？

希望他會喜歡自己送的那份禮物……

當然，假使瑞比沒成功送達的話，那下次見面就是那蠢貨的死期了。

路那利起身走到自己的行李前，在袋子裡翻了翻，找到他要的一個盒子。做工精細的表面還貼著一張小卡片，上面寫著「給翡翠」三個字。

盒蓋一打開，裡頭擺放的是眾多奢華得簡直要讓人閃瞎眼的珠寶飾品。大多是以項鍊、手鍊和戒指爲主，每一項都精雕細琢，使用的寶石從色澤看就知道非凡品。

這些都是路那利爲翡翠蒐集的禮物。

把自己喜歡的、美麗的人裝飾得漂漂亮亮，是他最大的樂趣。

只要想像一下翡翠戴上飾品的畫面，就令他內心愉悅，眉眼不自覺地染上笑意。

就在這時，細碎的光點悄無聲息地落在了路那利的肩上。

路那利的眼神出現剎那的恍惚，隨後他眨眨眼，將珠寶盒蓋上，映入眼中的小卡片令他心生狐疑。

他看著那張卡片，上面的人名陌生無比。

「翡翠……誰？」

路那利皺了皺眉，接著毫不猶豫地把小卡撕碎，扔進了垃圾桶之中。

《我，精靈王，缺錢！07》完

後記

歡迎來到後記時間～

照慣例，內容可能會涉及本集劇透。

不知不覺「精靈王」也來到第七集了，這次封面是由這系列的黑白雙子，也就是黑薔薇與白薔薇登場。

有沒有感受到我熱愛雙子的心XD

目前算下來，似乎每個系列都會有一對或以上的雙胞胎出現。

封面的黑白薔薇眞的太好看了，夜風大還在封底加了許多跟他們相關的物品。好喜歡下午茶及人偶構成的畫面，當然是立刻讓它當我的電腦桌布了，打開電腦就能欣賞美美的他們！

回到劇情上來說～繼第六集的轉折之後，本集又來個大轉折了！

翡翠最後為了保護小精靈所採取的行動，在最初架設故事時就先想好了。

第三集裡，翡翠在夢中與真神初次見面，真神當時告訴他「你應該要害怕」——當有了重要的東西後，就會感到害怕。翡翠怕了，他害怕小精靈喪命，即使知道世界存在的時間有限，也寧願犧牲自己，讓小精靈們繼續活下去。

而他之後將如何歸來，又該如何面對小精靈，這都是後面將會探討下去的。

除了翡翠以外，其他人也都為了各自的決定，做出屬於他們的選擇，例如白薔薇，例如斯利斐爾。

不曉得大家看完本集故事後，會有什麼感想？希望大家能告訴我喔～

最近因為耳鳴，開始試著戒掉跟咖啡因有關的東西，這對以往熱愛咖啡和茶的我，簡直是一種折磨。

啊啊，好想喝咖啡。不管是熱的或冰的，都好想喝喔……

尤其路上經過咖啡店，聞到那個咖啡香氣，都下意識很想往那邊走去。

真希望能盡情喝咖啡的一天早日到來。

更希望今年的疫情能再穩定下來，讓正常生活重回到我們的身邊。在這之前，大家都別忘記做好防疫準備，口罩不離身，回家勤洗手！

對了，這次也別忘記把書衣拆下喔，裡面藏著人物小彩蛋。想知道新登場的兩位加雅分部負責人的更多細節嗎？把第七集的衣服扒下來就對了XDD

我們下一集見囉！

醉琉璃

心得感想區QR Code
歡迎大家上來分享唷！

我，精靈王，缺錢！

【下集預告】

新的一天，新的開始，新的冒險！
原本沒沒無聞的繁星冒險團迅速嶄露頭角。
曾經的掌心妖精一夕之間長大成人，
被稱為「鐵三角」組合的他們，
近期收到來自咒殺玩偶的尋人委託，
尋找目標是：消失的翡翠。

翡翠是誰？又是如何消失的？
太多謎團如濃霧環繞。
此時，一道陌生身影突然現身他們眼前，
那人的接近，會否帶著某種企圖？

〈所以我隱姓埋名帶球跑〉

2021年末，敬請期待！

國家圖書館出版品預行編目資料

我，精靈王，缺錢！/ 醉琉璃 著.
——初版. ——台北市：魔豆文化出版：蓋亞文化發行，2021.09
冊；公分.（Fresh；FS187）
ISBN 978-986-06010-3-9（第7冊：平裝）
863.57 110012337

fresh FS187

我，精靈王，缺錢！ 07

作　　者 醉琉璃
插　　畫 夜風
封面設計 莊謹銘
主　　編 黃致雲
總 編 輯 沈育如
發 行 人 陳常智
出 版 社 魔豆文化有限公司
發　　行 蓋亞文化有限公司
地址：台北市103承德路二段75巷35號1樓
電話：02-2558-5438　傳眞：02-2558-5439
電子信箱：gaea@gaeabooks.com.tw
投稿信箱：editor@gaeabooks.com.tw
郵撥帳號 19769541　戶名：蓋亞文化有限公司
法律顧問 宇達經貿法律事務所
總 經 銷 聯合發行股份有限公司
地址：新北市新店區寶橋路二三五巷六弄六號二樓
電話：02-2917-8022　傳眞：02-2915-6275
港澳地區 一代匯集
地址：九龍旺角塘尾道64號龍駒企業大廈10樓B&D室
電話：+852-2783-8102　傳眞：+852-2396-0050
初版一刷 2021年 09月
定　　價 新台幣 270 元
Published and printed in Taiwan

ISBN 978-986-06010-3-9